DOWASURE SHODO

SEIKO ITO

MISHIMASHA

ど忘れ書道

いとうせいこう

MISHIMASHA
ミシマ

まえがき

これはなんと九年間の記録である。

まとめてみるまでそんなに長々とコツコツやっていることを認識していなかった。

つまり忘れていた。

そもそもは『PAPERSKY』という、編集長が知人のルーカスB.B.というアメリカ生まれ日本在住の優しいやつである雑誌に、連載を頼まれたのである。その前にもこの雑誌には何か連載していた記憶があるが、私はあるときから書きたいものは基本的にネットに書けばいいと思い、そのときに持っていた連載をすべてやめてしまった。

けれどルーカスの頼みだけは断れなかった。「もし色々書きたくなくなったんなら、書きたいことだけ書いてくれればいいよ」とかなんとか言われたのではないか。

それでほとんど苦しまぎれに出した企画がこれであった。第一回を改めて読んでみて知ったのだが、私はすでに連載以前から、「忘れてしまった言葉を一枚の紙に、そのたびごとに丁寧に書き記していく」という行為を趣味のごとく二年ほど続けていたらしい。

なにしろど忘れが激しいから、これは現実と自分をつなぐ方法でもあった。丁寧に書いて二度と忘れないようにする。

連載では、そこに自ら説明をつけた。なぜ忘れたのかを追及することでど忘れ防止になるのではないかと、こちらも必死の作業だったのであろう。

で、それが載った雑誌が隔月とか季刊になるにしたがい、ただただ書いた。なにしろもともとやっていたことだから、発表するかしないかは問題ではなかった。

ただ、反省文を他人の前にさらすかどうかには違いがあった。自分の中でぼんやりわかっている「ど忘れ」の構造を、私はぼんやりのままでは放っておけなくなった。それであれやこれやの仮説を立ててあるにちがいない。

書いている間、常に字数を忘れて書きすぎたり書き足らなかったりした。そしてすさまじい速さでいつも書き、推敲(すいこう)しなかった。浮かんだ言葉を忘れないうちに書く。それだけだった。

まあともかく、さらされたのは忘却という醜態(しゅうたい)である。

その九年にわたる言い訳である。

自分ではほぼすべて忘れていたので、読みながらゲラゲラ笑った。

が、他人には恐ろしいのかもしれない。

『ど忘れ書道』目次

タイタニック号～アピチャッポン・ウィーラセタクン

2011.02 ～ 2011.03

青木さやか
ニューロティカ
ATSUSHI
タイタニック号
2011 Feb～MARCH
ジョン・マルコヴィッチ
丸尾末廣
花山大吉
トータルテンボス
小浜市
アピチャッポン・ウィーラセタクン
トニー・ジャー
ヴァネッサ・パラディ

忘れてしまった言葉を一枚の紙に、そのたびごとに丁寧に書き記していく。

それが『ど忘れ書道』である。

この作業を私は二年ほど前から習慣化していたのだが、どこに発表するわけでもないからそのうち数カ月〝忘れて〟いた。今回から本誌*で連載することになったのは大変にうれしい。

第一回には時間が足りなかった。わずか一カ月である。しかしそれでも一〇個を超える言葉を私はど忘れした。人前で「えーと、えーと」と言った。あるいは一人で黙り込み、眉根（まゆね）を寄せて考えた。

「タイタニック号*」が思い出せなかったときは、かなりのダメージを受けた。だからこそ、非常に大きな文字で私はそれを書き記してある。気持ちを込め、巨大客船の悲劇に思いをはせ、ゆっくりと筆を運んだ。

と言えば、いかにもシリアスな話だが、要するにど忘れしたのである。人と話し

※本文の註は編集部にて作成しました。

＊本誌
季刊誌『PAPERSKY』のこと。本書は、二〇一一年三五号から二〇二〇年六一号まで九年間にわたり、『ど忘れ書道』というタイトルで連載されたエッセイを加筆・再構成したもの。

＊タイタニック号
二十世紀初頭に建造されたイギリス国籍の豪華客船。処女航海中に氷山に接触し、沈没。犠牲者は一五〇〇人を超えた。

ていて、あの、大ヒットしたハリウッド映画*にもなった、細野晴臣（はるおみ）さんのおじいさん*も乗っていた、**船のへさきであの有名な男優と有名な女優*が十字架みたいな形になる……**と言っていたら、相手はまさかという顔で「タイタニック号ですか？」と言った。忘れるなんて信じられないという表情であった。その通りだと思う。

福井の「小浜（おばま）市」はラジオ収録中にど忘れした。これはかなりの痛手となった。私は東大寺のお水取り*から話し始め、その水を送るお水送りの行事*のことをしゃべり、一帯に名仏像が多数あると言い、京都から上に行く日本海側の、とまで話したのだが、結果「小浜市」という言葉が出なかった。おそらくオンエアでは見事に切られているであろう。固有名詞がわからないのでは情報にならない。

で、私は帰りの電車の中で「小浜市！」と記憶を取り戻し、家に着いてすぐさまスケッチブックと筆ペンを取り出して書いた。斜めになっているのはあわてたからである。急いで書かなければまた忘れてしまうかもしれないと思ったのだ。

もっとも右に小さく「青木さやか*」とあるのは、テレビを観ていたら青木さんがドラマに出ており、へえ演技もするのかとしばらくそのままでいたところ、途中か

***大ヒットしたハリウッド映画**
一九九七年にアメリカで公開された、ジェームズ・キャメロン監督・脚本の映画『タイタニック』のこと。

***細野晴臣さんのおじいさん**
ミュージシャンの細野晴臣の祖父、細野正文は、日本人唯一のタイタニック号乗客であり、生還している。

***有名な男優と有名な女優**
レオナルド・ディカプリオとケイト・ウィンスレット。

***東大寺のお水取り**
毎年三月十二日の深夜に、奈良の東大寺の若狭井（わかさい）という名前の井戸からお水をくみ上げ、二月堂の本尊である十一面観音に供える伝統行事。千二百年以上続くと言われる。

***お水送りの行事**
毎年三月二日に、小浜市の山間を流れる遠敷（おにゅう）川に聖水を流し込む行事。水は地下を通り、十日かけて東大寺

ら〝誰だっけ?〟と思っていたのである。ある種同業者だから、これは由々しき事態であった。番組が一緒でなくても、何か喩えとして〝お前、青木さやかかよ!〟と言いたいことはあるだろう。そうしたとき、私は的確なその喩えを言えないわけだ。**山田邦子かよ!でも、だいたひかるかよ!でも、椿鬼奴かよ!でもない、**青木さやかかよ!がもっともふさわしい喩えである場合、私は沈黙せざるを得ないのだ。

ともかく、恥ずかしさのあまり、私は細く書いた。力が抜けて、「さ」と「か」のあたりに墨がたまってしまっている。こんなことでは、また忘れかねない。しっかりと自分の記憶の欠陥を認めなければならないと反省している。

「丸尾末廣」*や「花山大吉」*は大変久しぶりに思い出そうとしてかなわなかった人名である。とくに後者は、『ど忘れ書道』の習慣を知っているみうらじゅん氏から「松方弘樹のお父さん、覚えてる?」と質問が出て、まず「近衛十四郎」と答えきれず、しかし「あの、面白かった時代劇の主役だよね、ヒットシリーズがふたつあってね、酒が好きで、とっくり持っててね、あの番組」と言い出すと、みうらさんも番組名をど忘れしており、二人で京都駅の下あたりで立ち止まり、スマートフォ

の若狭井に湧き出るとされている。全国の神々が東大寺に招かれた際、若狭の遠敷明神が漁に夢中になって遅刻し、そのおわびとして本尊に納める水を送ると約束したという言い伝えに由来すると言われる。

＊青木さやか
一九七三年生まれ。お笑いタレントとして活躍し「どこ見てんのよ!」の決めぜりふは有名になった。近年は女優としても活動している。

＊丸尾末廣
一九五六年生まれの漫画家・イラストレーター。レトロで劇画的なタッチで知られる。代表作に『少女椿』(青林工藝舎)がある。

＊花山大吉
連続時代劇ドラマ『素浪人月影兵庫』の続編『素浪人花山大吉』の主人公。月影兵庫と瓜二つの設定で、どちらも近衛十四郎が演じた。剣の達人で大酒呑み、という設定。

ンでウィキペディアにアクセスした次第である。『素浪人（すろうにん） 月影兵庫（つきかげひょうご）』と『素浪人 花山大吉』を忘れたのだった。

「アピチャッポン・ウィーラセタクン」*はタイ映画の鬼才で、『ブンミおじさんの森』*が大変に素晴らしいのだが、何度がんばっても名前を覚えられないので丁寧に書いた。今後も何度か書道化されることが予想される。

言いたいことはまだまだあるが、この『ど忘れ書道』をみなさんにもお勧めしたい。何を忘れるかは、その人自身をあらわすからだ。

＊アピチャッポン・ウィーラセタクン
タイの映画監督・映画作家・美術家。一九七〇年生まれ。静謐（せいひつ）で抒情的、かつ実験的な作品で知られる。

＊ブンミおじさんの森
二〇一〇年公開のタイ映画。監督・脚本はアピチャッポン・ウィーラセタクン。タイ映画史上初めて、第六三回カンヌ国際映画祭最高賞（パルム・ドール）を受賞。腎臓の重い病を患い、死を目前に控えたブンミおじさんの前に、亡くなった妻の亡霊や、行方不明だった息子が現れ、物語が展開していく。

カリプソ〜ピアニカ前田

2011.03 〜 2011.06

マウリッツィオ・ポリーニ
Billy Paul
萩原流行
アウフヘーベン
カリプソ
承知の上
2011/3/11〜
いっこく堂
木村カエラ
寄木細工
大森南朋
スナゴケ
ポチッと
クエンティン・タランティーノ
小室哲哉
G.LOVE
TK
エイドリアン・シャーウッド
堀部さん
ピアニカ前田
平野レミ
しぼり染め

奇しくも第二回の『ど忘れ書道』は、あの日*から三カ月間の記録となった。肝心のあの日、各部屋の本棚が崩れ、CDが床一面に散乱する中で、おそらく私は「カリプソ*」という言葉を思い出そうとしたのである。

なぜだろうか。いまやそこが思い出せない。のんきなことを考える余裕などなかった。したがって私は「カリプソ」に不可欠の要素、「ピコン*」と呼ばれる世界への皮肉のことを思ったのではないか。テレビを観て打ちひしがれて、ピコンのひとつも浮かばない状況にまた落ち込んでという中、その皮肉が歌われる音楽の名を私はど忘れし、思い出そうとしたのにちがいない。

しばらく別なことを考えたはずだ。頭は混乱し続けていたから。そして、どういうきっかけでか、「カリプソ!」と思い出した。

散らかる部屋の奥からスケッチブックを探し出して、私はそれをなぜだか力強く書いたわけだ。自分を励ましたかったのかもしれない。

＊あの日
東日本大震災が起こった二〇一一年三月十一日のこと。

＊カリプソ
西インド諸島のトリニダード島で生まれたポピュラー音楽。一九五六年に発売されたハリー・ベラフォンテのレコードをきっかけに世界的に流行した。風刺に富んだ歌詞と軽快な二拍子のリズムが特徴。

＊ピコン
ユーモア交じりの冷やかしのこと。カリプソの特徴的な要素のひとつ。

こうして好きな物事や人の名前もよく忘れる。今回で言うと、「Billy Paul」*や「マウリツィオ・ポリーニ」*などがいい例だ。前者は本当に本当に大好きなフィラデルフィア・ソウル*の大御所。後者はご存じ、指遣い(ゆびづか)の強靭(きょうじん)なクラシックのピアニスト。どちらも素晴らしい音楽家である。

とかなんとかある種物知りめいた文章を書いているが、私は二人の名前をど忘れしたのである。このスケッチブックはその事実を私に突きつけてくる。じつは「Billy Paul」はよく忘れる。彼が歌った曲の名前はするする出るのである。だが、人名が出ない。この名前をなぜ今回アルファベットで書いたかというと、確か以前「ビリー・ポール」と書いて忘れまいとしたからである。それでも私はまたやらかしてしまった。そこで次に英字のビジュアルで脳に叩(たた)き込もうとしたというわけだ。

必死である。

「Billy Paul」も「マウリツィオ・ポリーニ」もPがからむ名前で、そのあたりがど忘れに関係していないか、とも思う。慣れ親しんだ日本人の名前にPの音はない。だから不意に思い出そうとしたとき、狙った〝思い出しゾーン〟から外れてしまう。物を思い出そうとするとき、恥ずかしいことだが頭の中で「あ」「い」「う」と順

＊Billy Paul
アメリカのソウル歌手。一九三四年生まれ、二〇一六年没。一九七二年に発表された「Me and Mrs. Jones」は世界的ヒットとなった。

＊マウリツィオ・ポリーニ
イタリアのピアニスト。一九四二年生まれ。若くして複数のコンクールで優勝。完璧なテクニックで現在も高い評価を受ける、二十世紀後半を代表するピアニストの一人。

＊フィラデルフィア・ソウル
フィラデルフィアで生まれ、一九七〇年代前半に世界的に流行したソウル・ミュージック。都会的雰囲気の柔らかいサウンドが特徴。

に言っていく。人前でど忘れした場合、気づかれないように脳裏（のうり）のカードをめくっていくのである。そして続く言葉を探す。しかし、ついPの項目を飛ばしてしまう。五十音の中で、この破裂音の地位が低いのである。それで「Billy Paul」も「マウリツィオ・ポリーニ」もいったん忘れると出てきにくい。

困ったことに「萩原流行（はぎわらながれ）*」さんの名前もど忘れしている。知っている人だし、好きな人なのでさすがに小さく右端に書いてある。この場合は、Pは関係ない。たぶん、まず「萩原」というと私の頭の中で「健太*」とくる。昔からよく知っている健太さんが先に出てきてしまうのだ。それで「流行」さんが隠れる。おまけに「流行」という文字と「ながれ」という読みが結びつきにくい。さらに**「萩原」の脳内の棚には強力に「萩本」が侵入している。**「欽一（きんいち）*」の影響力である。

言ってみれば、「萩原流行」さんは野の花である。萩原健太さんは百合（ゆり）みたいに目立つ。その横には曼珠沙華（まんじゅしゃげ）的に気になる萩本欽一が立っている。そういうわけでど忘れするのだ、と苦しい言い訳をしておく。

画面の左にも触れておこう。「しぼり染め」と大書してある。まさかそんな言葉を忘れてしまうとは夢にも思わなかったわけである。ショックのほどが文字の大き

***萩原流行**
大河ドラマやサスペンスドラマなど、数々の作品で活躍した俳優。一九五三年生まれ、二〇一五年没。

***健太**
萩原健太。音楽評論家・プロデューサー。一九五六年生まれ。ラジオ番組のパーソナリティとして活躍したり、多くのバンドを発掘したりしている。

***欽一**
萩本欽一。コメディアン・タレント。一九四一年生まれ。坂上二郎とのコンビで「コント55号」として人気に火がつき、その後も企画や司会を務めたバラエティ番組は高視聴率となりテレビ界を席巻した。

さでわかる。父親が浴衣の上に巻いていた兵児帯（へこおび）*の端っこが、そのしぼり染めだった。それを私は思い出したかったのだが、映像ばかりが明確に浮かんで、それを言葉でどう言うかがいっこうに出てこない。これにはまいった。

　普段何かを忘れるとすぐ検索する癖がついている。だが、こうしたケースでは検索がほぼできない。兵児帯とくればしぼり染めとも限らない。画像検索しようにも、「帯、点々」などと曖昧（あいまい）な単語を並べる以外ない。それで人に訊いた。「**あのー、ほら、布とかで点々になってて、染料をそこだけ抜いて**」と言ったら、すぐに相手が「しぼり染めですか？」と言った。人間というサーチエンジンはやはりよくできている。そしてメモリとしてはかなりあやふやだ。

　メモリのあやふやさの具体例として、名人「ピアニカ前田」*をうっかり〃ハモニカ前田〃と言ってしまった私の恥もここでさらけ出しておく。

＊兵児帯
男子・子供用の帯の一種で、別名しごき帯。兵児とは鹿児島の言葉で、若者のこと。

＊ピアニカ前田
一九五四年生まれの鍵盤ハーモニカ奏者。奏者としてだけでなく、奏法についての発表や、鍵盤ハーモニカ教室の開催などを通じ、後進の育成にも注力している。

前園（ゾノ）〜ショコタン

2011.06 〜 2011.09

ギャラクシーグラフィティ
統整的
時代まつり
野沢直子
並木橋交差点
前園（ゾノ）
2011/6/18〜
ジェスロ・タル
池上彰
プラシーボ効果
ワイルドストロベリー
ショコタン
ミスタービーン
若者の声
素人の乱
福山雅治
ウエンツ瑛士
つまみ

今回のヒットは、というのもおかしいが、自分が〝一度ど忘れしてから思い出したとき〟にひどく新鮮だったのは「前園（ゾノ）」*であった。そもそもなぜど忘れしたかの状況自体はもう忘れてしまっている。たぶんサッカー番組で前園氏を見たのではないかと思う。そうでなくていきなり〝あ、あの人、あの人。あの人の名前なんだっけ？〟と思うほどには、私は日夜サッカーのことを考えているわけではないのだ。試合を観るのは大好きだけれども。

ともかく、私はとくに「ゾノ」の部分を思い出したいと思ったのを覚えている。というか、名前を思い出そうとした際に、**下意識に「ゾノ」が強く存在感をあらわした。**私はあだ名に特徴があることを忘れていたので、苗字を思い出すつもりが同時にあだ名も想起せんとしていたわけである。それで両者がバッティングした。

しかも、この場合、苗字の一部があだ名なのであった。近いようで遠いというか、

***前園（ゾノ）**
元サッカー日本代表の前園（まえぞの）真聖（まさきよ）のこと。ゾノの愛称で親しまれた。日本代表がブラジルに勝利した、「マイアミの奇跡」で知られる一九九六年アトランタオリンピックの際、キャプテンを務めた。

引っかけ問題みたいな感じになった。それでずいぶん私は苦しんだ。結局、「ゾノ」が最初に脳みそから飛び出してきた。実際私は「ゾノ！」と大きな声で叫んだ。まるでシュートの瞬間を見たかのようだった。快感であった。

池上彰（あきら）*さんの名前が出なかったことも、私には印象深かった。「あの、元NHKの、解説のわかりやすい、今は特番を色々断ってる、目をしばしばさせる……」などと、あたかもこっちがクイズを出しているかのような状態で、私は友人をせかしたのであった。友人はテレビに疎（うと）い人だったのでまるで解答が出ない。

一日半くらい経って、私の脳裏に「池上彰」という三文字が降臨した。だが、どう表現すればよいのかわからないが、私がテレビで観て知っている池上彰さんは「池上彰」という名前っぽくないのである。じゃあなんという名前ならしっくりくるかと考えてみたが、私にとって池上彰さんは例えば「**池田半蔵**」というほうがはまる。「**片山隆一**」などもいい。

まったく勝手で失礼な話ではあるが、少し堅い名前が仕事の内容と重なりやすいと私は感じているようである。ことに「彰」の部分がアイドルっぽいように思っているらしく、事実思い出して書いてみたときにもツクリのバランスを間違えた。思

***池上彰**
ジャーナリスト。一九五〇年生まれ。NHKでニュースキャスター等を務めたのち、独立。テレビのニュース番組の解説や、新聞への寄稿等、幅広く活躍している。

***グラフィティアート**
グラフィティとは落書きのこと。一九六〇年代末からニューヨークの街の壁、地

い出したのに納得がいかなかったのである。割り切れなさが字に出た。

今回、他の名前と間違えて言ってしまうケースも散見された。例えば、「グラフィティアート*」のことを考えているときに、つい「ギャラクシーアート」と言ってしまった。むしろどんなアートだろう。やはり宇宙に星ごとき光を発射するようなインスタレーション*だろうか。キラキラした感じがある。少なくとも都会の壁にスプレーで何か描く感じではない。つくづくグラフィティアートでよかったと思っている。

高円寺の「素人の乱*」を、「若者の声」と言ってしまったのも大失敗であった。私の年寄りじみた一面が出たと思う。確かに素人の乱は若者主体の集団だが、彼らに鋭いメッセージがあるからといって「若者の声」というまとめ方はないだろう。合っているのは「の」のところだけだ。ほぼ跡形（あとかた）もない、と言っていい。

また今回私にとって意外だったのは、「ウエンツ瑛士（えいじ）*」の「瑛士」の部分だった。これは自力で思い出したのではない。テレビ欄か何かで見てわかった。私はウエンツ氏に下の名前があるかどうかにはなはだ自信がなく、しかし「ウエンツ」だけが芸名ではなかったはずだというかすかな記憶があったのである。しかしそれが思い

下鉄などにさかんに描かれるようになり、徐々にそれをアートとみなす動きも広まっていった。キース・ヘリングや、ジャン＝ミシェル・バスキアなどもグラフィティアート出身。

＊インスタレーション ある空間に様々な物体、映像などを配置し、その空間自体を芸術作品とする手法。従来の絵画、立体作品に加え、新たに一九七〇年代から出現した表現方法である。

＊素人の乱 松本哉（はじめ）が代表として経営している、高円寺にあるリサイクルショップの名称。ここでは松本哉が中心に行っている左翼的活動全般を指している。

＊ウエンツ瑛士 タレント・俳優。一九八五年生まれ。小学生の頃から『天才てれびくん』等に出演。バラエティ番組で活躍するほか、映画『ゲゲゲの鬼太郎』では主演を務めた。

出せなかった。思い出す自信もなかった。

ひとえに「ウエンツ」がファーストネームだと思いがちだからである。いや本当にそうなのかもしれない。「ウエンツ瑛士」というのは下の名前をダブルに重ねている確信犯的な名付けなのかもわからない。まあ何にせよ、私はもやもやっとした記憶で彼をとらえていた。ウエンツはウエンツだと考えていた。それで**いまだに「瑛士」が意外である。**共演者はどうなのか。「ウエンツ、ウエンツ」と言っているが、あれは苗字と知っての上なのか。例えば、朝鮮民主主義人民共和国を北朝鮮と呼んでばかりいると実際の国名がわからなくなる。そういうことに事態は近いのではないか。いや遠いかもしれない。

「プラシーボ効果*」という言葉が浮かばなかったときは苦しかった。鼎談（ていだん）の途中で私はそれが言いたかったのである。言えば場に笑いが生じるような流れであった。しかし言葉が出なかった。私は鼎談を続けながら、話題がとうに変わってしまっているにもかかわらず、まだ頭の一部分でそれを考えていた。であるから、話全体のことはほとんど忘れてしまった。つまり私にとってその鼎談は「あの、プラシーボ効果が言えなかった」会、ということになっている。

＊**プラシーボ効果**
その薬に効果があると信じて服用すると、それが偽薬であっても効果があらわれること。

「ショコタン」という、中川翔子のあだ名を忘れた。というか、中川翔子そのものを失念してしまった。あんなにかわいらしくて面白いのに。そして、私はまずあだ名を思い出した。うれしくなって太い字で書道した。

しかし、本来はひらがなだったようである。

バンクシー〜ニコール・キッドマン

2011.09 〜 2011.12

オーランド・ブルーム（顔） 高岡蒼甫

S-KEN

G.LOVE

シャーリーズ・セロン

吉瀬美智子

チョップリン

木村岳風

バーニャカウダー

バンドエイド

ダンディ坂野

ムーディー勝山

ダウンジャケット

ウィノナ・ライダー

ムーラン・ルージュ

ボジョレー・ヌーボー

KARA ジョン

バンクシー

ニコール・キッドマン

今回も忘れに忘れた。

忘れた言葉はいつものようにスケッチブックに丁寧に書かれるわけだが、家に遊びに来た友人がそれを見て、今回ばかりは心配した。「こんなことを忘れていると知られたら面目(めんぼく)が丸潰(まるつぶ)れなのではないか」と言うのである。

まったくその通りだ。

左端の「バンクシー*」などは典型的である。「それ忘れちゃシャレになんないよ」的な文化人にとっての最低限の常識を私は忘れた。**えーと、あの人誰だっけ、あの俺の大好きな人、ほらほら……**ということになった。あまりに恥ずべき事態であったため、思い出した際、二度と忘れぬように筆でグラフィティ調に書いたつもりだが、それもうまくいった自信がない。前回もグラフィティアートをついギャラクシーアートと言ってしまっているだけに、私の立場はきわめてあやうい。

「ボジョレー・ヌーボー*」の横に「ムーランルージュ*」とあるのは、同じようにま

＊バンクシー
イギリスを拠点に活動する正体不明のアーティスト。世界中の街中にストリートアートを残している。二〇一九年には、東京都港区でバンクシーが描いたと思われるネズミの絵が見つかり、都庁で展示されたことでも話題となった。

＊ボジョレー・ヌーボー
フランスのボジョレー地方で、その年に収穫されたぶどうで醸造した新酒赤ワインのこと。毎年十一月の第三木曜日に解禁される。

＊ムーランルージュ
パリのモンマルトルにあるキャバレーの名前。フランス語で「赤い風車」の意。一八八九年に開業し、現在もパリの観光スポットとして人気がある。

るで別のことを口走ってしまうという失態の記録である。私はボジョレー・ヌーボーの解禁について素敵な一言をコメントしたかったのだが、ふと出てきた単語はムーランルージュであった。当然私はあわてて話をがらっと変え、行ったこともないパリのキャバレーに思いをはせたふりをし、そこからおもむろにワインの話題に移ったのであったが、綱渡りとはまさにその一分間ほどの私の立場であった。

なにしろ共通点は「ジ」と「ー」くらいのものであって、なぜ私がボジョレー・ヌーボーと言いたいときにムーランルージュと言ってしまったかはまったくもって不明なのであるが、**それ以上に重大なのはこの連載がど忘れ以外に言い間違いを取り上げがちになってきていること**で、以後この手のものまでいちいち申告していくことになれば、友人の心配通り私の面目などはまさに早晩崩れ去るのではないか。熟考を要するところだ。

いや、そうでなくとも面目などすでに潰れているのかもしれない。見ていただければわかるが、私は「バーニャカウダー*」を忘れて言えなかったのだし、あまつさえ「バンドエイド」が思い出せなかったのである。これはもはやど忘れの領域を超えて、認知症の兆候でさえある。

＊**バーニャカウダー**
小鍋で熱したアンチョビ風味のソースに、スティック状にした野菜をつけて食べる料理。北イタリア発祥。

その横は「ダンディ坂野*」と「ムーディ勝山*」で、芸人シリーズとなっている。このど忘れでさらに私は大変なダメージをくらったのだが、一般には気づかれにくいだろう。私は一方でテレビ、とくに笑いの方面にも出入りしており、そうであるからにはいわば同僚の名前を忘れてしまうのは致命的なのである。そのショックの大きさは、ダンディ坂野の文字の大きさに比例している。私はバンクシーをど忘れしたことよりもダンディ坂野を忘れたことに衝撃を受けたわけだ。

さて、その他にも説明しておきたいど忘れは様々にある。「ＫＡＲＡ*ジヨン」は一度しっかり覚えた事柄の忘却ゆえに厳しかった。私はあるとき、みうらじゅん*氏との約束でさして興味もないＫＡＲＡのメンバーの名前を完全に記憶することになったのであった。ちなみにそのかわりみうら氏はＥＸＩＬＥのメンバーを覚える条件だった。

そこから一カ月、私は日々 YouTube を観た。ＫＡＲＡが出るテレビ番組をチェックした。そしてどんどんＫＡＲＡが好きになり、好きな気持ちが高まるにつれてメンバーの名前が自然に頭に入っていったのである。が、それがある日、また抜けた。最年少のジヨンをど忘れした。あんなに必死に覚え、大好きになっていたＫＡ

＊ダンディ坂野
二〇〇〇年代前半頃、「ゲッツ」というギャグで有名になったお笑い芸人。

＊ムーディ勝山
二〇〇〇年代後半頃、独特の歌詞のムード歌謡を歌う、というネタで人気を博したお笑い芸人。

＊ＫＡＲＡ
二〇〇七年にデビューした韓国の女性アイドルグループ。日本でも人気が高く、ＮＨＫ紅白歌合戦にも出場した。二〇一六年に活動休止。

＊みうらじゅん
イラストレーターなどとしてマルチに活動する。一九五八年生まれ。著者の友人。

RAをすっかり忘れてしまう自分がうらめしかった。ほとんど涙に濡れながら私は筆をとり、本来なんの興味もなかったジョンの名を複雑な気持ちで書にしたわけである。

上方に「オーランド・ブルーム*（顔）」とあるのはど忘れの新機軸で、私はいつまで経ってもオーランド・ブルームの顔が覚えられない。正直に言うと、この字を書いたときはネットでしげしげと見て覚えたつもりでいたが、原稿を書いている現在、完全に忘れてしまった。若いアイドルグループの顔の区別がつかなくなって久しく、それはまぎれもなく老いのせいだろうと思うが、さすがにオーランド・ブルームくらいは識別できていたいものだ。しかし、その願いがかなわない。当代一のハンサムのその顔がわからない。

わからないと言えば、すでに改名をした（だがどう改名したかは思い出せない）高岡蒼甫*さんの「蒼甫」という部分をどう読めばいいのかを私は知らないのである。これはもうど忘れ以前の話であって、まことにどうしようもない。**私は高岡さんの昔の名前に接するたび、音をごまかして読んできた。**いつかわかりたいと願い続けてきたのだが、周囲でその名を発音してくれる人がいなかったの

＊オーランド・ブルーム
一九七七年生まれのイギリス人俳優。代表作に『ロード・オブ・ザ・リング』シリーズ、『パイレーツ・オブ・カリビアン』シリーズなどがある。

＊高岡蒼甫
一九八二年生まれの俳優。映画『バトル・ロワイアル』や『パッチギ！』に出演。「蒼甫」の読み方は「そうすけ」。「高岡蒼佑」「高岡奏輔」など同じ読み方で複数回改名している。

である。その上に改名となってみれば、真実を知る機会はかなりの確率で奪われたと言っていい。知り得ないことがこの世にあるという厳粛な事実を前に私は茫然とするばかりである。

もっとも下に小さく細く「ニコール・キッドマン*」とある。何度書いても忘れてしまうから、居酒屋が常連客を扱うように手慣れた感じで筆をとっているのである。あんなに輝やかしい女性がいるものだろうかと陶然とする相手である。だが、私は忘れてしまう。それが執着のなさなら喜んで受け入れたいが、そんな美しいことでもない。忘却はただただ忘却のようである。

＊ニコール・キッドマン
一九六七年生まれ、アメリカ出身のオーストラリアの女優、映画プロデューサー。二〇〇二年『めぐりあう時間たち』でアカデミー賞主演女優賞を受賞。数々の映画に出演しているほか、ユニセフの親善大使なども務める。

デニス・ホッパー〜しおり

2012.03 〜 2012.06

AD堀くん　しおり

トルシエ監督
6-0(日本×ヨルダン)
中島美美嘉
サムコ・ターレ
プランター
豊松清十郎
バティステュータ
うりんぼ
紫柴崎コウ
デニス・ホッパー
ビルボード東京

2012年3月27日〜

デニス・ホッパー*の名前をど忘れしたことについては、不思議なことがある。私は「文芸漫談」というイベントをずいぶん長くやっていて、そこでは作家・奥泉光(おくいずみひかる)*さんと世界の名作を取り上げてその魅力を面白おかしく語り尽くすのであるが、前回のテーマがコンラッド*の『闇(やみ)の奥』*なのであった。

この古典的英文学はコッポラの『地獄の黙示録』*の原作ともなったわけで、私は漫談の会場に向かう間、小説版と映画版の違いについてどう説明すればいいものだろうかなどとつらつら考えていた。まず、小説には出てこない役として(近い人物はいるのだが)、フォトジャーナリストがいると私はふと思った。

それを演じているのがデニス・ホッパーなのだが、私はこのサブカルチャー界でも重要な男、デニス・ホッパーの名前をど忘れしてしまったのであった。会場は下北沢なので、私は地下鉄銀座線からまず表参道駅で乗り換えをするところだった。本番までに思い出せないと困ると考え、「だから、ほら、アヒルちゃんのコマーシ

＊デニス・ホッパー
一九三六年生まれのアメリカの俳優、映画プロデューサー。二〇一〇年没。代表作は監督・脚本・主演した『イージー・ライダー』で、数々の映画の監督・出演をしている。また画家、彫刻家、写真家としても多彩な活動をした。

＊奥泉光
一九五六年生まれの小説家、近畿大学教授。一九九四年、『石の来歴』で芥川賞受賞。

＊コンラッド
ジョゼフ・コンラッド。イギリスの小説家。一八五七年生まれ、一九二四年没。代表作に『闇の奥』『ロード・ジム』『密偵』などがある。

＊闇の奥
ジョゼフ・コンラッドが一八九九年に発表。イギリスの船員としてアフリカのコンゴ川に行った経験をもとに、植民地支配の闇を描き、国際的に高い評価を得ている。

ャル*もやってた、イージー・ライダーの……」と自分をせきたて、「麻薬中毒の時期が長くて……絵もうまかったし……」とヒントを我が身に出したが、いっこうに名前が出てこない。

窮地に追いつめられたと思ったそのとき、千代田線へとつながる駅構内の向こうから一人の中年女性が歩いてくるのがわかった。私の目は彼女の季節外れのセーターに釘付けになった。そこにはデカデカと「HOPPER」という文字が織り込まれていたからである。

そうだ、デニス・ホッパーだ！　と私は彼女の手を取りたいくらいだった。ホッパー！　と天に向かって叫んでもよかった。天啓というのだろうか。**神がわけのわからないやり方で私に味方していた。**「バッタ*」と毛糸を縫い込んだセーターが売っているとも思えない。私は存在しないものを見てしまったのだと信じている。

で、家に帰ってから、その喜びと感謝をこめてデニス・ホッパーと筆ペンで大書しようと思ったら、なぜか「パ」のところを「テ」と書きそうになってしまった。デニス・ホッテーとは何者だろうか。それもまた周到な神の啓示なのか。

＊コッポラ
フランシス・フォード・コッポラ。一九三九年生まれのアメリカの映画監督・プロデューサー。主な作品に『ゴッドファーザー』『地獄の黙示録』などがある。

＊地獄の黙示録
一九七九年公開のアメリカ映画。『闇の奥』を原作に、作品の舞台をベトナム戦争に移して描かれた。カンヌ国際映画祭の最高賞パルム・ドールをはじめ、数々の賞を受賞した。

＊アヒルちゃんのコマーシャル
ツムラのバスクリンのテレビコマーシャルにて、デニス・ホッパーが、浴槽にアヒルを浮かべ、「アヒルちゃ〜ん」というせりふを言った。

＊バッタ
バッタの英訳が「grasshopper」であることから。

あわてて私は字を書きやめ、バツを打った。すると今度は、なんだかその部分が横に泳いでいくカエル直前のオタマジャクシみたいになった。こうした事象のすべてが何を示しているのか、私にはもうわからない。というか、単に私はバカになってしまったのだろう。

実際、今回は書き損じが多い。渋谷駅の看板に写真が貼ってあった中島美嘉*がキレイだと思ったが、早速名前をど忘れし、数時間して別のことを考えているときに思い出した。そして、その名を家で丁寧に書いているはずが、「嘉」が書けなくなった。今も書けているとは言えないような文字だが、バツを打たれた字はもっとひどい。ライチ（茘枝）みたいな字である。

結果、**『ど忘れ書道』というより、『書き損ない書道』の様相も呈してきた。**デニス・ホッパーの後半、または中島美嘉の最後の字を書き損なうのは、集中が切れてしまうからではないかと私は考えた。『ど忘れ書道』に対する構えが自分の中で甘くなってはいないかと気持ちを引き締めた。引き締めてすぐに、柴崎コウ*の名前を忘れた。私の法則で美しいと思っている人の名前をより忘れる。名前ではなくビジュアルへの思いが先行してしまうのだろうか。

＊**中島美嘉**
歌手。一九八三年生まれ。二〇〇一年、ドラマ『傷だらけのラブソング』のヒロインに抜擢され、同番組の主題歌『STARS』でデビュー、大ヒットとなった。

＊**柴崎コウ**
書道および本文では柴崎となっているが、本来は柴咲コウ。一九八一年生まれの女優、歌手、実業家。

ともかく、なんとか思い出してスケッチブックに正対した。そしていきなり「柴」を間違えた。「紫」と書いてしまったのである。木と書くべきところに糸を書いた。そのとき、あー……とため息が出たのは覚えている。私は自分に失望したのであった。もう「柴」さえ書けない。私の脳、および手の急激な衰えは何に起因しているのか。

続けざまに「トルシエ監督*」の「督」でもやらかした。確かに昔から不得意な字であった。爪（つめ）と瓜（うり）に関しても、どちらかを書く前に「爪にツメなし、瓜にツメあり」と口の中で言う。考と孝も一瞬詰まる。「考える」と書きたいときに、親孝行の孝がよぎる。**冬の夜、山道を走る車の前にキツネが走るような感じで、孝がちらりと光る。**途端に混乱する。

あとはご覧の通りである。私を深く絶望させたのは他に、「6－0（日本×ヨルダン）」だった。ワールドカップ予選*のサッカー日本代表の素晴らしい勝ち試合である。私は勝利に酔った。彼らの強さに酔った。シュートひとつひとつを思い返した。思い返しているうちに、何点取ったのか忘れていた。しっかり見ていたのに、である。

***トルシエ監督**
フィリップ・トルシエ。一九五五年生まれ。フランス出身のサッカー指導者。一九九八年から二〇〇二年まで、サッカー日本代表の監督を務めた。

***ワールドカップ予選**
二〇一二年六月に行われたワールドカップ（W杯）ブラジル大会アジア最終予選にて、日本は本田圭佑の三点を含む六点をあげてヨルダンに勝利した。

私はもう壊れているのかもしれない。

そもそも、ベランダ園芸歴十数年の私が「プランター*」をど忘れした。衝撃の大きさは文字の大きさに比例している。おそらく私は「種」を忘れ、「花」を忘れ、「土」が言えなくなるだろう。私の世界はぼんやりと融合してしまって区別がつかず、名指すことが不可能になってくる。

「しおり」が言えないのも同じ現象の始まりだ。私は本にはさむものが何であったかを忘れ去ってしまった。**指はひたすら長四角の形をなぞっていた。**その指の動きをじっと見ながら、私はそれがどんな名前だってどうでもいいじゃないかとも思っていた。

私の崩壊。

『ど忘れ書道』でしっかりとその過程をみなさんに目撃していただきたいと思う。

私は忘れてしまうからだ。

それでもまだ、忘れるたびに、というか思い出すたびに筆ペンを取り出す行為だけは忘れていない。リビングルームの目立つところにスケッチブックが置いてあるからでもあろうが、来客はたいてい「これ、なんですか?」とおずおず訊く。

***プランター**
草花を植える容器のこと。

私が趣旨を丁寧に説明すると数カ月前までは必ずほがらかな笑いが起きていた。「わっはっは、ジュリア・ロバーツ*を忘れましたか」などとそこから映画談義が始まったりもしていたのである。私は調子に乗って他のページを見せたりもした。

だが、最近は反応がおかしい。とりあえず笑ってはみせるが、客人たちは私の忘却ぶりに恐ろしささえ感じているのだと思う。

私自身がそうだ。

*ジュリア・ロバーツ
アメリカの女優。一九六七年生まれ。一九九〇年に出演した『プリティ・ウーマン』が大ヒットとなり、二〇〇一年には『エリン・ブロコビッチ』でアカデミー賞主演女優賞を受賞している。

ムーア（マイケル）〜ホーンテッドマンション

2012.06 〜 2012.09

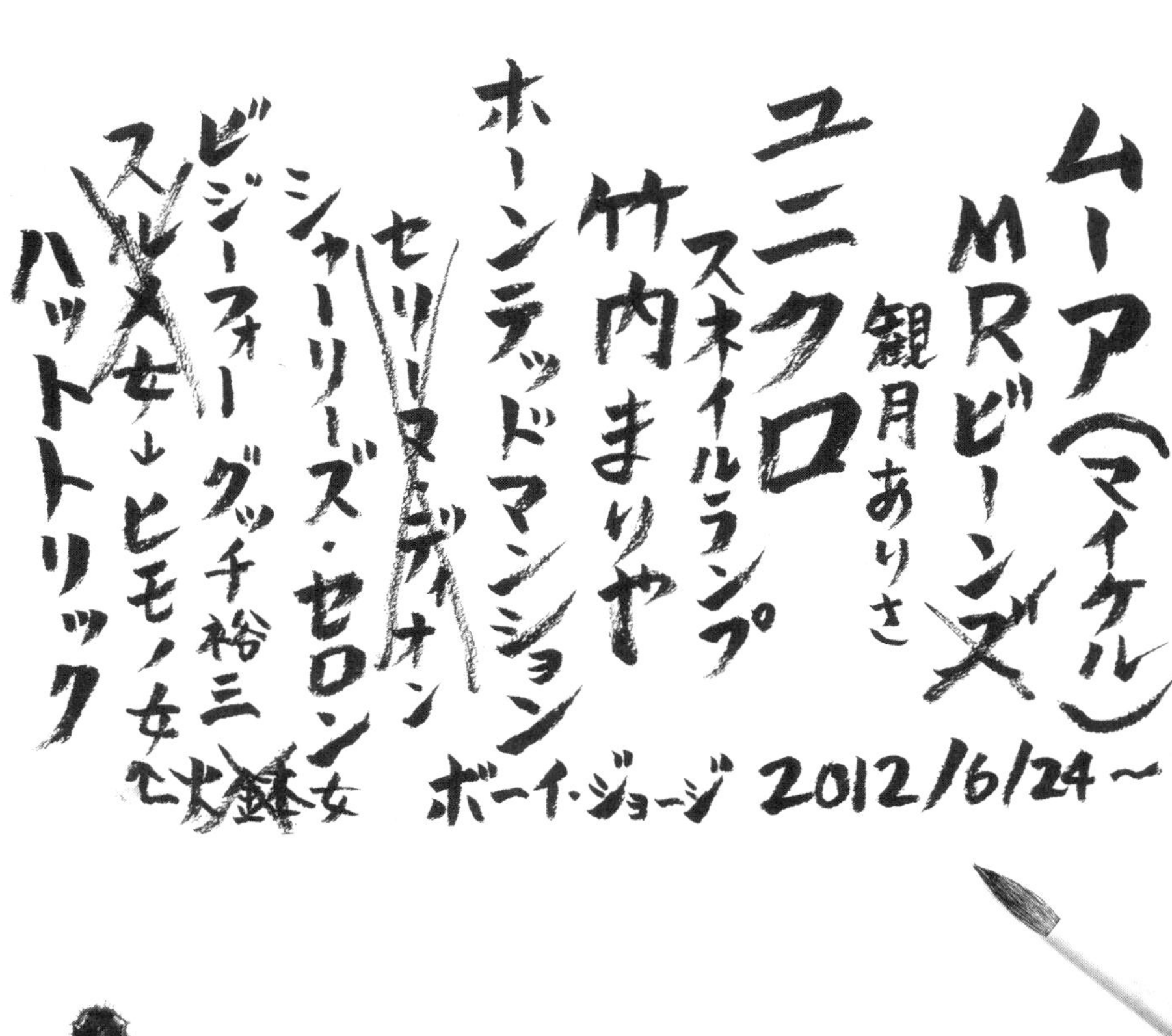

驚くべきことに、というか悲しみ嘆くべきことに、「マイケル・ムーア*」という名前が出てこないことがあった。巨体に顎髭（あごひげ）が生えていてメガネでキャップをかぶっているあの姿ははっきりと脳裏に甦（よみがえ）っているのである。にもかかわらず、その男は私に名乗らなかった。

しかも、うんうん苦しんでいるうちに、マイケルまでは出た。若葉が萌え出るような喜びが全身に広がったが、それもつかの間、むしろ途中まで出ておいて肝心の苗字が記憶の前面へ現れないことに、私はさらなる劣等感を抱かねばならなかった。

だいたい、マイケルは多い。ジャクソン*からナイマン*、ジョーダン*とマイケル家は枚挙（まいきょ）にいとまがないほどいる。それだけに私はムーアを見失い続けた。脳の索引的に言って、主に彼の名前の記憶はムーアから引き出されるのではあるまいか。たいていの人はそうしているはずだと思う。ただしかし、不幸にも私の場合、マイケルからの〝逆引き辞典〟みたいなことになった。

***マイケル・ムーア**
一九五四年生まれのアメリカの映画監督・ジャーナリスト。代表作に『華氏911』『シッコ』などがある。

***ジャクソン**
マイケル・ジャクソン。アメリカの歌手。一九五八年生まれ、二〇〇九年没。「キング・オブ・ポップ」と称される。

***ナイマン**
マイケル・ナイマン。イギリスの作曲家、ピアニスト。一九四四年生まれ。映画『ピアノ・レッスン』の音楽を手掛けたことなどで知られる。

***ジョーダン**
マイケル・ジョーダン。アメリカの元バスケットボール選手。一九六三年生まれ。「バスケットボールの神様」と称される。

マイケル、マイケルと口から泡を飛ばす勢いでつぶやいたが、必ずジャクソンが出る。ナイマンやジョーダンが出る。**あ！　と思うとサンデル*が飛び出してきて、人生の難問を突きつけてくる。**ハーバードの教室が浮かんできて、そうなるともう生徒がみんなマイケルである。むろん富岡*が最前列に座っている。

そういうわけで、ムーアはその日出てこなかった。出たのは数日後である。やはり突然ムーアのほうを思い出した。デミ・ムーア*という強敵の妊婦がいたが、私はすかさずマイケルを取り、無事に私のマイケル・ムーアを取り戻したという顛末(てんまつ)だ。

その横に「MRビーンズ」とあるのをご覧になった方は、私のことをバカだと思っているのではないか。そして私自身それを否定することができない。なぜ複数形になってしまったのか。あの一人の独特な男*を、私はついつい豆のほうのイメージに引っ張られて、複数として数えてしまった。

たぶん「ジェリービーンズ」という言葉の強さも大きい。私は中学生の頃、『セサミストリート』を好んで観ており、この「ジェリービーンズ」という響きにある種フェティシズム的な快感を覚えた。口の中での気持ちの良さ、エロキューション*に私は陶然となったが、同時に私はその見たこともないお菓子に烈(はげ)し

＊サンデル
マイケル・サンデル。アメリカの政治哲学者、ハーバード大学教授。一九五三年生まれ。日本でも『これからの「正義」の話をしよう』（早川書房）が話題となった。

＊富岡
マイケル富岡。日本で活動するタレント。一九六一年生まれ。

＊デミ・ムーア
アメリカの女優。一九六二年生まれ。映画『ゴースト／ニューヨークの幻』などに出演し、妊娠中にヌードを披露したことでも話題になった。

＊あの一人の独特な男
一九九〇年代前半に、イギリスで放映されたコメディ番組『Mr.ビーン』の主人公のこと。ローワン・アトキンソンが演じた。

＊エロキューション
発声法・せりふまわし。ここでは発音したときの語感のこと。

い憧れを持ったのだった。なんだ、あの勾玉（まがたま）*のような色とりどりの小さなおしゃれ菓子は！

また、私を幻滅せしめたのは、「ユニクロ」*が言えなかったときである。後輩たちとの会話の中で「ユニクロ的な？」と的確な例を出したかった私は、言いたいことがなんだったかを忘れた。

私は一人考え込んだ。まるで映画のワンシーンのように、孤独でシリアスな顔になった私は自分のまわりをぐるぐる旋回するカメラの中、**あの赤くて四角いマークを思い出そうとしていた。そこに白抜きで四文字の何かが書いてある。**それは確かだった。だが、その四文字が出ない。

まずどこからどういう順番で読むのか、私は迷った。左上から読んでいって「ハンロク」という言葉が出てきた。近所のハンコ屋の名前であった。そのあと、「よろゐや」が来た。近所のラーメン屋だ。そうなるともう「ダイマス」や「ロックス」が来た。全部近所の店の名前だった。世界のユニクロを思い出そうとしているときに、私は浅草界隈（かいわい）をうろついていた。

困ったことに、もっとも左には「ハットトリック」*がある。誰か私の好きなサッ

＊勾玉
古代の日本における装身具のひとつ。Cの字型に湾曲した鉱石であることが多い。

＊ユニクロ
日本のアパレルブランドで、商品企画・生産・物流・販売までを一貫して運営。世界的な事業展開もしている。

＊ハットトリック
サッカーで、一人の選手が一試合で三点以上得点すること。語源は諸説あり、クリケットで三人の打者を連続でアウトにした選手に帽子が贈られたことに由来しているとも言われる。

カー選手が（つまりもう忘れているわけだ）決めたのである。ハットトリックを。クリスチャード・ロナウド*か、メッシ*ではないかと思う。それで私はつくづく、そのどっちかが素晴らしいと思った。サッカーニュースを観ていて、である。

で、番組を観終わって、私はうっとりしながらそのどちらか、もしくはそれ以外の誰かの大量得点を思い返そうとしたのだったが、肝心の特殊な名称、オフェンスの選手にとっての偉大なる名誉を示す単語が出てこなくなった。私はそれを言いたいのだった。喉から手が出るほど、喉から出したいのだった。しかし、無情にも単語のヒントが見当たらなかった。

「メニー・ポインツ」であるわけがなかった。そういう直接的な表現ではないところに、その単語の格好の良さがあった。しかしもともと私はハットトリックの語源を知らなかったので、どうしたってたどっていく術（すべ）がない。私は言葉をすべて失ったような白い靄（もや）の中で方向、いや方向どころか上下さえ不分明になったような気がした。私を救ったのは数分後にまったく偶然訪れたその言葉だった。記憶というのは恐ろしい。まったくなんの引っかかりもないまま、私はそれを思い出したのだ。

その右に「ヒモノ女*」があり、上に「スルメ女」と書かれていてバツが付いてい

＊クリスチャード・ロナウド
「クリスティアーノ」と表記されることが多い。ポルトガル出身のサッカー選手。一九八五年生まれ。サッカー専門誌『フランス・フットボール』が選出する世界の年間最優秀選手（バロンドール）を五回受賞するなど、世界屈指のプレイヤー。

＊メッシ
リオネル・メッシ。アルゼンチン出身のサッカー選手。一九八七年生まれ。バロンドールを史上最多の六回受賞しており、世界屈指のプレイヤー。

＊ヒモノ女
面倒くさがって恋愛から遠ざかる女性のこと。漫画『ホタルノヒカリ』の作中で使われ、広がったとされる。

る。思い出したいものが三文字だと思った途端、私は「スルメ女」とつぶやいていたのである。**噛めば噛むほど味の出る女だろうか。**

そして数日後、同じように「ヒモノ女」を思い出したい、というか記憶を確かめたいと願った私は今度は「火鉢（ひばち）女」と言っていた。**ゆっくりあたたまっていって、最後にはカンカンに燃える女だろうか。**

あろうことか、ディズニーランドの「ホーンテッドマンション*」を、あるバラエティのロケ中に言えなくなった。私はかわりに「あのディズニーランドの怖いところ」と言い、先輩の元アイドルに「いとうさん、テレビ出ててそれはないでしょ！」と怒られた。それはそうだ。「ホーンテッドマンション」が「ディズニーランドの怖いところ」でいいなら、「魅惑のチキルーム*」は「オウムの多い場所」でいい。「イッツ・ア・スモールワールド*」は「子供の人形の並んでいるとこ」でよくなってしまう。そんな曖昧な世界があれほどの夢を与えてくれるわけがない。

ということで、紙数が尽きた。ちなみに、今回私は伝えられていた締め切り日を忘れており、大急ぎでこれを書いたのである。

チャオ。

＊ホーンテッドマンション
東京ディズニーランドのアトラクションのひとつで、洋館に住む九九九人の幽霊が客を待ち構えているという設定。

＊魅惑のチキルーム
同じく東京ディズニーランドのアトラクションで、ハワイの鳥たちがチキの神々やゲストを巻き込んで繰り広げるショー。

＊イッツ・ア・スモールワールド
同じく東京ディズニーランドのアトラクションで、観客はボートに乗り、世界中の子供たちの人形が各国の民族衣装で歌う世界を巡る。

カボチャ祭〜 SHIHO

2012.10 〜 2013.01

本宮ひろ志
原沙知絵
レッドブル
星セント・ルイス
スランケット
SHIHO
美輪明宏
U字工事
ジャクソン・ポロック
カボチャ祭
「ハロウィン」

2012/10/23〜

今回はさほど忘れていないのではないかと思ったが、考えてみれば忘れた言葉を思い出せずじまいでそのまま忘れてしまったり、思い出しても書くのを忘れたりで、まったくどうにもこうにも私の記憶の衰弱はとどまるところを知らない。

まずとんでもなくひどいのは左端の一連である。「ハロウィン」*と書いてバツを打ち、矢印で「カボチャ祭」と導いている。書くなら逆だろう。私はハロウィンという単語を忘れ、思い出そう思い出そうと努めたがともかくカボチャをくりぬいたりすることしか頭に浮かばず、そのうちにくりぬいたカボチャをかぶった人の映像なども出てきたのであった。そういうことまでする祭りだったかどうかがわからない。

少なくとも冬至に関係しており、つまり太陽の力のもっとも衰えたときに祭りをして、再びそれを地球上に戻そうとする古代からの重要な節目である。日本にも「東(ひむがし)の野に炎(かげろひ)の立つ見えてかへり見すれば月かたぶきぬ」という柿本人麻呂(かきのもとのひとまろ)*の歌が

＊ハロウィン
毎年十月三十一日に行われる祭り。古代ケルトの秋の収穫感謝祭が起源とされる。

＊柿本人麻呂
万葉集の代表的歌人。生没年不詳。七世紀後半、持統天皇・文武天皇に仕えた宮廷歌人。三十六歌仙の一人。

万葉集に残されている。冬至前後の早朝、天皇霊を移すにあたって古代人はこうした季節の変わり目を聖なる区切りとしたという研究があちこちにある。

　こうしたことはするする思い出すのであるし、実際私は若者数人の前でそれを得意げに話し、「つまり西洋で言えば古代ケルトの……」というところにさしかかったのだった。ここで「ハロウィン」のひと言が出ないのは痛かった。万葉集では若者にわかりにくい。だが、「ハロウィン」ならなるほどそうか！　ということになる。株もあがる。しかし、私はうんうん言ったあげく、カボチャをかぶる人の映像などに悩まされ、もういいやとあきらめて「カボチャ祭ですよ」と言ってしまった。そして、**こういう言い方もあるのだという強気の表情をしたままトイレに立った。**残された若者がどの程度、私の頭の〝もっとも衰えたとき〟を実感してしまったかは不明である。

　何度も同じ番組に出ていたのに「U字工事*」が出てこなかったのにもまいった。どこかの楽屋ではなかったかと思う。あるいは番組収録スタジオの前室と言われる控えスペースだったか。やはり自分より若い芸人に対して「おいおい、U字工事じゃないんだから」的なツッコミを私はしたかったのであった。

＊U字工事
ツッコミ担当の福田薫とボケ担当の益子卓郎からなるお笑いコンビ。二人の出身地である栃木訛りの漫才で知られる。

それが出てこない。つまり、地域密着型というか、言葉の訛(なま)りも利用した芸人の流れを指摘したかったわけだが、まず何より私は「名前・名前」で思い出すことを選択してしまった。確かに番組でからむときは「そこんとこ、ユージはどうなんだよ?」などと言うから仕方がない。

ところが、どちらも人名には関係ないのであった。むしろ道路に関係していると覚えていれば、ぎりぎり思い出すことに成功していたかもしれないのだが、私はとくに「U字」に苦しんだ。「工事」は「仲本工事*」という人名のおかげでかろうじて脳裏をよぎった。しかし、いくらなんでも人の名前で「U字」はない。

結局、何日かしてどこかのテレビ局の楽屋表みたいなもので彼らの名前を見つけ、私はほとんど叫び出しそうになった。「そうだよ、U字工事だよ!」

売れると直感したプロデューサーみたいな雄叫(おたけ)びであった。また売れるといい。

本宮(もとみや)ひろ志*先生の名を失念したときにも大きなダメージがあった。まず、『男一匹ガキ大将*』のことを私は思い出していた。自分が子供だった頃、読んでスケールの大きさに圧倒されていた。下町のそこそこ勉強のできる弱虫からは憧れの的であ

＊仲本工事
「ドリフターズ」のメンバー。音楽ではボーカルとギターを担当。黒縁メガネが特徴。

＊本宮ひろ志
一九四七年生まれの漫画家。代表作に『男一匹ガキ大将』『俺の空』『サラリーマン金太郎』などがある。

＊男一匹ガキ大将
一九六八年より集英社の『少年ジャンプ』に連載された、本宮ひろ志の漫画作品。主人公・戸川万吉が日本中の不良を従え、日本一の男になるまでの姿が描かれている。テレビアニメ化されるなど、不良および番長漫画のブームを築く本宮の初期の代表作となった。

＊武蔵
本宮ひろ志による、剣豪・宮本武蔵が主人公の漫画作品。『男一匹ガキ大将』の次の『週刊少年ジャンプ』連

った。ええと、あの破れた制帽をかぶった、あの、なんかゲタとかでも歩いて確か全国の不良を制圧して中東にまで乗り込む、あのいつでも口を開いている男……まあ主人公の名前をここで私はど忘れしている最中なので、検索をしますがそうそう戸川万吉。それが私にとって男の中の男なのであった。

で、本宮先生の名前をなぜうっかり私がど忘れしたか分析してみれば、まず「宮本」というイメージが出てきてしまったのであった。音として「宮本武蔵」と「本宮ひろ志」はよく似ており、事実本宮ひろ志先生は『男一匹ガキ大将』の直後に『武蔵』*という連載をしている。

もちろんそういうのは言い訳なのだが、記憶というものにはちょっとした混同や不信が悪影響を与える。私はまず「宮本先生」と思い込んでしまい、でもってなんだかその響きがしっくりこないまま、宮本のあとの名前を思い出そうと苦労した。だが、出てくるわけがないのである。**宮本と言ったら武蔵か輝*か、亜門*、**あるいは『マリオ』シリーズの天才・宮本茂*がすぐ来る。まるで強力な磁石のように、宮本の下にくっついてくる。

そこに「ひろ志」は来ない。なにしろ「本宮」じゃないわけだから。私とて最初

載作品であったが不振に終わったため、『男一匹ガキ大将』の連載を再開することになる。

＊輝
宮本輝。小説家。一九四七年生まれ。代表作に『泥の河』『錦繍』などがある。

＊亜門
二〇一九年九月に改名し、現在は宮本亞門。演出家。一九五八年生まれ。数々のミュージカル作品を演出している。

＊宮本茂
任天堂のゲームクリエイター。『マリオ』シリーズ、『ゼルダの伝説』シリーズの生みの親として知られる。二〇一九年、ゲーム業界からは史上初の文化功労者に選出される。

＊美輪明宏
歌手・俳優・作家。一九三五年生まれ。『メケ・メケ』『ヨイトマケの唄』などのヒット曲があり、紅白歌合戦には二〇一二年から二〇一五年ま

に「本宮」さえ来ていれば「ひろ志」と付けたのである。何事も思い込みはよろしくない。そこで発想が途絶える。

ちなみに「美輪明宏*」の名前が浮かんでこなかったのは、大晦日の紅白歌合戦を観て感動した数時間後、つまり元日のことであった。「いやあ、昨日のあれはやっぱりすごかったね。あの人の歌は」と言い出している自分がいて、これは絶対に名前が出てこないなと気づいている自分もいた。黒蜥蜴（くろとかげ）*とか三島由紀夫*とか類縁語はいくらでも出てくるが、固有名詞というものは恐ろしい。記憶の底の小石の陰に潜んでしまって出てこないのである。ただ、新年早々の初忘れが美輪明宏であったことは私の今年を明るく照らしているような気がする。美川憲一だとちょっと微妙だ。「原沙知絵*」さんはいつものごとく、自分がきれいだと思う人に限って名前を忘れるパターンである。姿形だけが強烈に浮かぶ。そして、「SHIHO*」は声がなんともかわいい。そればかりが記憶の前面に出てきて固有名詞をさえぎってしまう。名前以上に他の部分にインパクトがあると、私はすぐに忘れてしまう。

それは私にのみ起こる現象でないことは、「原沙知絵」も「SHIHO」もともに名前のインパクトを自ら強める傾向があることでもわかる。だが、私は忘れてしまう。

で連続出場。アニメーション映画『もののけ姫』等で声優としても活躍している。

＊黒蜥蜴
江戸川乱歩の長編探偵小説を原作とする、三島由紀夫脚本の舞台作品。美輪明宏の俳優としての代表作で、数十年にわたり幾度も、美貌の女盗賊「黒蜥蜴」を演じている。

＊三島由紀夫
小説家。一九二五年生まれ、一九七〇年没。『仮面の告白』『金閣寺』『豊饒の海』など数々の作品を残し、最期は割腹自殺を遂げた。生前、美輪明宏と交友があった。

＊原沙知絵
女優。一九七八年生まれ。一九九七年、フジテレビ系列のドラマ『ビーチボーイズ』で女優デビューした。

＊SHIHO
ファッションモデル。一九七六年生まれ。一九九四年のデビュー以降、雑誌、テレビ、本の出版などで活躍。

マフラー〜ザ・ギース

2013.01 〜 2013.04

ロのビートボックス
デラソウル
寺門ジモン
マフラー
2013
トリッパ
惑星ソラリス
ロバート・デニーロ
森川由香里
ザ・ギース

今回、若干ど忘れの数が少ないように思われるが、それもいつもの通り、ど忘れを書道にすること自体を忘れていたためであり、これも何度目かだが日付を入れるのも私は忘れている。

その意味で言えば、むしろよくこれだけのど忘れ実例を書き留めていたものなのであり、それはとりもなおさず私がいかに多くのど忘れとともに日々を過ごしているかを物語る。

やたらに忘れる。忘れすぎる。

そういえば、ここに書くのを忘れていた例をひとつ思い出した。くりぃむしちゅーの上田君*と、番組プロデューサーF氏という古い付き合いの二人が、私の小説がある文学賞にノミネートされたことを祝ってくれたときのことである。話はどんどん脱線し、上田君は仏像好きなので私は色々と熱弁をふるう流れになっていた。酒のせいでもあろう。

***くりぃむしちゅーの上田君**
上田晋也。お笑いコンビ・くりぃむしちゅーのツッコミを担当。

「で、こないだ『TV見仏記*』って番組でね、高野山*と、あのもうひとつ……ほら、有名な最澄の……山、もう忘れようもないあの素晴らしい」

上田君はすぐに比叡山*を思い出したのだそうだが、まさかそんな基本中の基本を私が忘れているはずがないと思ったそうである。ちなみに、私のこの病に近いど忘れ癖を若い頃から上田君は知っている。ほとんど、介護の気持ちで彼は私に、

「え？　どこですか？」

などと応じてくれていたことになるし、

「ま、ひょっとして……比叡山だったりしますかね……」

と遠回しに教えてくれたりもした。

そして私はそのど忘れを書き忘れた。

さて、冬から春先のこうしたど忘れをなんとか書道化した記録のうち、自分を震撼せしめるのはやはり「マフラー」ではないだろうか。人と話していて、ごくごく自然に「マフラーひとつあれば、一枚服を着たのと同じだからね」的な常套句を言おうと思ったのである。

しかし、出てこなかった。当然「あれがひとつあれば」とごまかしたのだが、そ

＊TV見仏記
二〇〇一年から関西テレビ系列で不定期に放送されている番組で、みうらじゅん氏と著者が仏像を巡る様子を収録している。

＊高野山
和歌山県北東部にある、周囲を山に囲まれた準平原地帯。八一六年に空海が開創した、高野山真言宗の総本山である金剛峯寺がある。

＊比叡山
京都市と滋賀県大津市にまたがる山。七八八年に最澄が開創した、天台宗の総本山である延暦寺がある。

こで首に何かを巻く仕草などしてしまえば、完全にこの人はボケたなと思われてしまう。言葉が出てこないおじいさんとレッテルを貼られるのを必死に避けて、私はかえって明るい表情を作りながら「あれがひとつあれば」と言った。胸さえ堂々と張っていたのではないか。

要するに、私はクイズを出している司会者みたいな態度をとったのである。**「あれ」を素早く答えなさい、という上から目線。**話の流れにちょいちょいクイズ的な要素を入れる人は確かにいる。「そこで僕はなんて言ってやったと思います？」とか「なんとそこに誰が現れたでしょう？」とか言ってくる人。そもそも俺はああいう話し方が大嫌いで、「知るわけねえだろ！」と答えたくなる。

その私がちょっと似たタイプのことを他人にしていたのである。いたしかたのない事態であった。答えがあまりに簡単であることはわかっており、その簡単なことさえ出てこない自分の弱みを見せたくないと私は焦っていたからだ。

「マフラーはそうですよね、あったかいですよね」

相手は大人なので、そういう答え方をしてくれた。クイズに答える風でもなく、〝あなたはど忘れをしていましたね〟と指摘するわけでもなく、会話の流れをマフ

＊**ヒューマンビートボックス**　口や鼻を使って発する擬音により、レコードのスクラッチ音や、ベース音、リズムマ

ラーの重要性に絞って私に恥をかかせまいとしてくれたのである。これこそ気遣いの優秀な実例と言うべきだ。

いまや周囲にど忘れは充ち満ちている。であれば、**『ど忘れした相手を傷つけない会話術50』**などが出版され、ベストセラーになるべきではないか。そこには人間関係を円満にする秘密が数多く隠されているはずだからだ。私なども本の作成に御協力できるといいのだが、残念なことにあらゆる例を右から忘れていくために、横で〝あ、そうそう〟〝あるある〟とか言っているのが関の山であろう。

スケッチブックの一番右に「口のビートボックス」がある。言うまでもなく、正解はヒューマンビートボックス*だ。私はおそらく日本で最初にライブでこれを真似てみせた人間であり、実際ライムスターの宇多丸*も高校生時代か何かに私のライブを観終えた帰りの電車でさかんにヒューマンビートをやってみたそうだ。

そもそもがダギー・フレッシュ*であった。『ザ・ショー』という名曲があり、そこでダギー・フレッシュが口だけで見事なビートを作る。MCはスリック・リック*。このときの言葉のゆるやかな乗せ方を聞いて、私は「このリズムなら日本語になる！」と確信した。

シンのミキシングによる音色の加工や変化などを基本的に一人で再現し、音楽を演奏するテクニック。

＊ライムスターの宇多丸　一九八九年より、ヒップホップ・グループ「RHYMESTER」のラッパーとして活動。日本のヒップホップシーンの黎明（れいめい）期から活動を開始し、ヒップホップ文化の定着に貢献。ラジオパーソナリティやライターとしても活躍している。

＊ダギー・フレッシュ　ダグ・E・フレッシュ。一九六六年にバルバドスで生まれたアメリカのラッパー。「ヒューマンビートボックスの元祖」とも言われる。

＊スリック・リック　一九六五年にロンドンで生まれたアメリカのラッパー。一九八五年にゲット・フレッシュ・クルーのメンバーとして、ダグ・E・フレッシュとともにリリースしたシングル『The Show / La Di Da Di』は全米で大ヒットした。

にもかかわらず、その肝心のヒューマンビートボックスという言葉を私は一人、部屋の中で忘れた。恐ろしい思いがした。そんな基本を忘れていると世間に知られたら、私は日本のオールドスクール*に所属する人間として軽蔑されるのは必至だった。これが会話の中でなくてよかったと思いつつ、私は焦った。思い出せ、俺。

そこで口を衝いて出てきてしまったのが「口のビートボックス」であった。あとちょっとである。忘れそうなところは言えていて、「ヒューマン」というさして難しくなさそうなところが出ていない。

諸君、これがど忘れである。ど忘れは論理を超えているから、まさかと思う言葉がまさかと思う場所で隠れてしまうのだ。

あわてて私はスケッチブックのあるリビングに移動し、心を整えて「口のビートボックス」としたためた。だらしない自分を責める気持ちと、「書けば救いの言葉が出てくる」という祈りがないまぜになっていた。そして確かに書き終えてすぐ、神は私の脳の中に正解を与えたもうたのであった。

ヒップホップ的に言えば、「デ・ラ・ソウル*」が出ないのも相当に問題であった。だが、それを言えばイタリア料理の中で私が偏愛のように好きな「トリッパ*」がレ

***オールドスクール**
黎明期のヒップホップを指す音楽用語。

***デ・ラ・ソウル**
De La Soul。アメリカのヒップホップ・グループ。ファンク、ソウル、ジャズなどの音楽を先進的に取り入れたユニークなサウンドと、独自のユーモアセンスのあるラップを展開している。

***トリッパ**
牛の第二胃（ハチノス）をトマトなどと煮込んだイタリア料理。

ストランの中で出てこなくなったのはさらなる大問題であった。「ほら、あの、モツの……」とかなんとか私は言った。店の優しい女性はにっこり笑って「トリッパですね」と言った。**年寄りもよく来る店であった。**

これに関しては言い訳が少しある。「トリップ」ということもあるから、私は意識の奥で迷う。どっちが正解だったかなと混乱し、結果どちらも忘れる事態が生じる。同じことがラーメン屋での「排骨麺*」で起きる。これを「パーコー」と呼ぶのが一般的だと思うのだが、ときに「パイクー」と読ませる店がある。なので私は店に入る前に頭の中で何度もシミュレーションし、その店がどちらだったかをよくよく確かめ、結果うまく言えなくなって「パ」の部分だけ強調して、相手に察してもらうはめになる。そういう恥の連続が、私の記憶に作用するのだ。

さて、「惑星ソラリス*」も「寺門ジモン*」も私がど忘れすべきでない単語である。若手の「ザ・ギース*」だって同様だ。すぐに言えなければ、彼らの名前は外に出ないわけだから、その分評価を得る機会を逸する。年を取るほど私の責任は重大になっていく。だが、それに比例してど忘れは激しさを増す。悲喜こもごもだ。

＊排骨麺
厚切りの豚バラ肉に衣をつけて揚げたもの（排骨・パーコー）が上にのったラーメン。

＊惑星ソラリス
アンドレイ・タルコフスキー監督による、一九七二年公開の旧ソ連の映画。スタニスワフ・レムの小説『ソラリスの陽のもとに』を原作とする、SF映画の記念碑的作品。

＊寺門ジモン
一九八五年より活動する、お笑いトリオ「ダチョウ倶楽部」のメンバー。食通、クワガタ収集家としても知られる。

＊ザ・ギース
THE GEESE。ツッコミ担当の高佐一慈とボケ担当の尾関高文からなるお笑いコンビ。シュールな設定のコントが持ち味で、『キングオブコント』の決勝に三度進出。

換気扇～金剛夜叉・スンヨン

2013.06 ～ 2013.09

ラース・フォン・トリアー
オーバーオール
アンジャッシュ
会田誠 児嶋
サクレ 換気扇
デニス・ホッパー
ギュリ
スンヨン
ク・ハラ
ジヨン
(不動)
(ニコル)
軍陀利
金剛夜叉
降三世
大威徳
(セグンドール↓SON↓
アルゼンチン音響派
フアナ・モリーナ

2013/6/18～

何が佳境かといって、近頃よく漏らしていることだが、『ど忘れ書道』のシステム自体を忘れてしまうわけで、何かど忘れし、それを苦闘の末に思い出しても、いつものスケッチブックにすぐ書かない。

だから、何を忘れたか忘れてしまう。そして、ある夜更け(よふ)などに「この間確か、誰か有名な歌手の名前を忘れたなあ」とぼんやり記憶を取り戻し、しかし記憶はそこまでしか取り戻せない。忘れ、思い出した人の名前をまた忘れている。

なんとか思い出した場合、スマートフォンに記録する。これは外出時のために編み出した作戦だが、おかしなことに家にいて思い出してもいったんスマホにメモる。一瞬にして忘れる可能性があるから、筆ペンやらスケッチブックを用意している暇がないからである。そしてもうひとつ、きちんと書道をするのが面倒くさくなってきているからだ。

『ど忘れ書道』も佳境である。

なんというか、記憶力も低下している上に、習慣への真面目さも失いかけており、私はどうも堕落(だらく)してきている。これが老いというものか、と思う。ずいぶん早く訪れた老いである。

そういえば、画像を見てもらうとわかるが、**私はついに「換気扇」を忘れた。**これは二十歳を超えた娘が遊びに来ているときのことで、風の強い日だったから換気扇から妙な音がしたのである。それは覚えている。

「あれ、なんの音？」

と娘が脅(おび)えているので、

「風で鳴るんだよ。アレが」

「アレ？」

「ほら、そこの、料理のときに回すやつ」

「なんのこと言ってるの？」

「だから、クルクル回るアレのこと」

という会話になった。彼女は私の『ど忘れ書道』を知っているから、わざと正解を出さなかった。というか父の老いを見るにしのびなかったのだろう。

「換気扇？」

という答えを彼女にもらってからも、私の記憶欠落は続いた。

「忘れたら、書かなくちゃ」

娘にせっつかれて初めて、私はいつもの自分のシステムを思い出した。ところが「換」の字を忘れてしまったのである。

それこそ娘のスマホで漢字を出してもらったのだが、それがまた小さな字で私はメガネを外し、老眼の目玉で画面にすり寄るようにした。老人そのものであった。

そういえば、「アンジャッシュ児嶋*」の名前も忘れた。毎年プロデュースしている「したコメ*」という映画祭を、今年も秋口にやったのだが、そこの楽屋に不意に彼が現れたのだった。それを芸人の後輩に話そうとしていたら、名前が出てこなくなったのである。

ただそれ自体はもはや一般的な現象である。問題は私の書道のレイアウトがバランスを失い始めていることで、アンジャッシュ児嶋以前についついど忘れしていた「会田誠*」と混在させて書いてしまうとはどういうことか。これでは「**アンジャッシュ会田誠**」ではないか。ついに芸人デビューということになってしまう。

＊アンジャッシュ児嶋
児嶋一哉。一九九三年に結成されたお笑いコンビ・アンジャッシュのボケ担当。相方は渡部建。

＊したコメ
したまちコメディ映画祭in台東の略称。二〇〇八年から二〇一七年まで開催されていた。

＊会田誠
美術家。一九六五年生まれ。美少女、戦争、エログロなどをモチーフに、絵画、写真、立体、パフォーマンス、インスタレーションなど多岐にわたる活動をしている。

てか、アンジャッシュ渡部の立場はどうなるのか。それとも、もはやトリオか。

他にはいつものように、順調に「ラース・フォン・トリアー」*監督を忘れている。何度も何度も忘れては思い出す「デニス・ホッパー」も書いてある。やはり監督でもあるから、俺は海外の映画監督の名前を忘れやすいのだろうか。例えば……と考えて例がひとつも出てこない。病態は相当に悪化しているというべきだ。

なぜ監督の名を忘れるか、とさらに考えてすぐ、じつは役者の名前も覚えられなくなっていることに気づく。私は例えばええと、あのとても目の大きい女優、かわいらしい、あのファッション雑誌の世界を描いた映画の、えー「**何かを着た何か**」なのだが、何を着ているのか、その何かは……あ、まず悪魔であった、悪魔が……そうプラダを着ている。悪魔はそういうブランド品を着るものだろうか。黒いマントとかを主に身に着けているのではないか。下手をすると黒くて裸だ。

というわけで、アン・ハサウェイ*を思い出すのに、実際今たどった思考経路が前述の通りなのである。それでも思い出せただけよかった。運のいいケースである。

バンドでも、俺はもうバンド名で精一杯で、ボーカルが誰でギターが誰で、とは覚えられなくなってしまっている。大好きな「ファアナ・モリーナ」*でさえ、今回危

***ラース・フォン・トリアー**
一九五六年生まれのデンマークの映画監督。過激な表現で物議を醸す作品を送り出している。「ドグマ95」というデンマークの映画運動を始めたことでも有名。二〇〇〇年に『ダンサー・イン・ザ・ダーク』で第五三回カンヌ国際映画祭最高賞（パルム・ドール）受賞。

***アン・ハサウェイ**
一九八二年生まれのアメリカの女優。二〇〇六年公開の映画『プラダを着た悪魔』に主演した。

***ファナ・モリーナ**
一九六一年生まれのアルゼンチンのシンガーソングライター、女優。二〇〇〇年にリリースしたアルバム『セグンド』が世界的にヒット。たびたび来日公演を行っており、日本のアーティストとの共演も多い。

ないところだった。ちっとも名前が出てこないが、金髪が大写しになったアルバムジャケットははっきり頭に浮かんでいるので、そのアルバム名『セグンド』を口に出した。すると『SON』という別なアルバムの名前もするする出た。

しかし「フアナ・モリーナ」がまだ出ない。そこで一歩踏み込んで「アルゼンチン音響派*」と彼女が属していると言われる音楽的な派閥のことを口に出し、そこでようやく「フアナ・モリーナ」に達した。なるべく多く付随情報を思い出しながら、忘れたものへの核心に近づく。だからもう、ひとつのことを思い出すのに、手間ひまがかかるのである。しかも近頃たいていは、付随情報だけ出てきて肝心の固有名詞が出ない。

考えてみれば、**名前はロジックではない。単に偶然、付いてしまった文字なのである。**「フアナ・モリーナ」は出なくても、彼女がアルゼンチンの人であることはわかる。電子音の多用から推測すれば「音響派」という言葉も出てくる。しかし「フアナ」であり、「モリーナ」であることは必然ではない。恩寵（おんちょう）に近い偶然だ。

その偶然を思い出すために、ずいぶん前に一度無理やり覚えてみた「KARA」

＊アルゼンチン音響派
アレハンドロ・フラノフ、フアナ・モリーナといったアルゼンチンのアーティストに代表される、二〇〇〇年前後に生まれた音楽シーン。

のメンバーを、私は再び覚え直そうと思った。これが出る頃は人数が変わっている、というか私が中心にすえた人物がいない可能性があるが、ともかく私は「KARA」の五人を自分の得意分野である仏像世界に置き換え、五大明王*に対応させようとした。ところが、そっちはそっちで「不動明王（ふどうみょうおう）」しか出なかったのだった。これは大ショックだった。一方「KARA」は「ニコル」しか出ない。もう終わりであった。

得意不得意に関係なく、私は五つの要素があったら、そのうちのひとつしか覚えられないということである。これはチンパンジーなどの実験でよく使われる文ではないだろうか。「五つの要素があったら、そのうちのひとつしか覚えられない」……いや、チンパンはもっと頭がいい。**酩酊（めいてい）した鼠（ねずみ）**とか、**生まれたての羊**とか、**砂糖以外のことを考えたときのアリ**とか、そういうものの頭脳に限りなく近い。

私はほとんど泣きそうになりながらインターネットで検索をかけ、「軍陀利（ぐんだり）」に「ギュリ」を対応させ、「金剛夜叉（こんごうやしゃ）」に「スンヨン」を対応させて書道した。

だが、自分がどうせすぐに忘れてしまうことを、その時点で私はよく認識しているのである。だから悲しい。切ない行為に私は没頭しているのであった。

＊五大明王
不動明王・降三世（ごうざんぜ）明王・軍荼利（書道と本文では軍陀利という表記だが、こちらが一般的）明王・大威徳（だいいとく）明王・金剛夜叉明王。密教に特有の明王の中で、中心的な役割を持つ。

米倉斉加年～ワンダイレクション

2013.10 ～ 2014.01

ササニシキ
ボヴァリー夫人
激落ちくん
美輪明宏
米倉斉加年
2013/10/15～
松香大夫地
築
井川遥
ワンダイレクション
志村喬

山田洋次*監督の『小さいおうち*』を観て、米倉斉加年*さんが出てくる場面でど忘れ現象が起きた。この名優・怪優の名前を認識できていないのに気づいたし、失念したのである。

まず、ここのところの〝**認識できていないのに気づいたし、失念した**〟というニュアンスを理解していただきたい。あ、この人の名前！ と思い、けっこう前からわからないでいて人生で何回か認識にトライしては失敗してきた過去に気づかされるのである。と同時に、「失念はまたやってきた」と嘆息する。

自分の至らなさに絶望するというか、なぜ俺はこんな大事な人の名前をきちんと認識し直す機会を持たなかったか、と反省する。大河ドラマで子供の頃にしょっちゅう観た。すると、そのうち絵本を出したりもする。演出もする。マルチである。癖がある。いわば自分の先輩ではないか。

それが今まで無意識に「米倉斉・加年」と切るのか「米倉・斉加年」と切るべき

＊山田洋次
一九三一年生まれの映画監督。『男はつらいよ』シリーズや『釣りバカ日誌』シリーズ、『幸福(しあわせ)の黄色いハンカチ』など、多数のヒット作で知られる。

＊小さいおうち
中島京子の同名小説を監督・山田洋次により映画化。出演した黒木華(はる)がベルリン映画祭の最優秀女優賞（銀熊賞）を受賞した。

＊米倉斉加年
一九三四年生まれの俳優。劇団民藝で俳優・演出家として長きにわたり活動。映画・テレビドラマでは名脇役として活躍した。絵師・絵本作家としても才能を発揮。二〇一四年没。

かに迷い続けてきた。なにしろウィキペディアのない時代である。そうこうしているうちに他人に訊ける年齢を過ぎてしまった。「**米倉斉加年は米倉斉・加年かね？　それとも米倉・斉加年？**」と訊いていいのは二十代前半までだろう。

前者「米倉斉・加年」の場合、頭の奥には剣豪の名前がある。伊藤一刀斎*とか、細川幽斎*とか、そういう人のイメージだ。したがって下の名前は「かねん」と読むはずだと勝手に決めている。

逆に正解「米倉・斉加年」のほうが下の名に困る。「まさかね」と読むことを覚えていられない。剣豪のほうの幻影が邪魔をするから、「さいかねん」と読んでしまい、そんな名前があるはずがないと打ち消す。原発再稼働じゃあるまいし。けれども、だからと言って「米倉斉」のほうに戻っても、剣豪の「斉」は普通苗字に付かないという経験則が自己を責めたてる。

そういうわけで、私は米倉斉加年さんの名前を、切るところも音もなおざりにしてきたのである。なんとなく、言及しないようにし、遠巻きにぼんやり見てきた。誰かが話題にすると耳をピンと立てるようにしてきたが、いつでも聞き取る前に話

＊伊藤一刀斎
江戸時代初期の剣客。一刀流剣術の祖。生没年を含め不明な点が多く、伝説や逸話が多い。

＊細川幽斎
安土桃山時代の武将。足利義晴・義輝、織田信長、豊臣秀吉、徳川家康に仕えた。歌人としても有名。

は終わった。長い年月だった。しかし、そんな暗い時代にもついにおさらばだ。「米倉・斉加年」、よねくらまさかね。『ど忘れ書道』のおかげで私はひとつの愚かさから脱したのである。

愚かさはひとつ脱するごとに三つほど深まる。私のスケッチブックを見ていただきたい。私は「ササニシキ*」を忘れたのである。米のことを話しているとき、私は「コシヒカリ*」と「ササニシキ」のことを言いたかった。そういう微妙な差の件を的確に言い表したかった。だがしかし、「コシヒカリと……」で止まってしまったのである。

ここで人生をあきらめて「コシヒカリと……アレじゃないですか」とごまかした。わざと言わない的な表現の技術のほうへ、ぎりぎりのタイミングで急カーブを切ったのである。すると周囲の者は意味ありげに笑った。事情のある案件に聞こえたのだ。ずるい私は安堵した。

安堵したが「ササニシキ」はまだ出てこなかった。結局、家に帰りしな電車の中で検索して、ようやく出てきたのである。「コシヒカリ」と同じ五文字である。だから思い出しやすいと人は考えるだろう。だが「ど忘れ界」をナメてもらっては困

＊ササニシキ
宮城県で開発された米のブランドで、あっさりとした味が特徴。

＊コシヒカリ
福井県で開発され、今では東北から九州まで広く作られている米のブランド。味が濃く、粘りもあるのが特徴。

＊ボヴァリー夫人
一八五六年に発表された、フローベールの長編小説。単調な生活に幻滅した田舎医者ボヴァリーの妻エンマが、ロマンを求めて二人の男と関係を結ぶが、その過程で借金を重ね、最終的には自殺に追い込まれる。

る。同じだからこそ、ど忘れする。いったん「コシヒカリ」と言ってしまったがゆえに、韻(いん)が海馬(かいば)を支配する。

「オシキダニ」「文字にがり」「閉じ開き」「故事決まり」などといった、まったく米の名にふさわしくないやつがぐるぐる頭を巡る。人間というのは意外なほど音に印象を持っていかれるもので、言葉はそういう側面を潜在させている。

たぶん逆に「ササニシキ」から思い出していれば、ど忘れ時に**「かさ地引き」「さざ非力」「馬場猪木」**みたいな五文字が私を市中引き回しの刑に処したであろう。おそるべし、韻。おそるべし、五文字という日本語定型の最少語数。そこには強いサウンドが満ちているのだ。

他に『ボヴァリー夫人』*が出なくなったときは、もう自分の文学的生命は終わったとさえ思った。ふとフランス文学について考えていた際のことだ。かのフローベール*である。『感情教育』*だ。『ブヴァールとペキュシェ』*である。しかしながらフローベールが「……は私だ」とまで言っている肝心の人物名、小説タイトルがいっこうに出てこなかった。

内容のイメージから「夫人」がやがて出た。だが「夫人」は即座に「かまきり夫

＊フローベール
ギュスターヴ・フローベール。十九世紀のフランスの小説家。写実主義文学の大家。『ボヴァリー夫人』『感情教育』が代表作。

＊感情教育
一八六九年刊の、フローベールの長編小説。「ある青年の物語」という副題で、二月革命前後の混迷する社会の中、希望を抱いてパリに出た青年フレデリック＝モローの恋とその果ての幻滅を描く。

＊ブヴァールとペキュシェ
フローベールの遺作となる長編小説で、彼の死により未完。異様な向学心を持つブヴァールとペキュシェの友人二人組は、自然科学から人文科学の全分野に相次いで熱中するが、ことごとく失敗に終わる。

＊かまきり夫人
ポルノ映画『五月みどりのかまきり夫人の告白』に出演した、歌手、女優の五月みどりの愛称。

人」*を伴った。いやいやと五月みどりの映像を振り払うが、そのスペースにはすぐ「エマニエル夫人」*が籐椅子（とういす）で足を組んでいる映像が来てしまう。「鎌倉夫人」*まで戻したところで、籐椅子は消えない。今度はよく顔を知らない作者、立原正秋（たちはらまさあき）*がなぜかヒゲなど生やして籐椅子に座り、高く足を組んでいる映像になってしまう。

いやはや、夫人の世界は奥深いもので、おかげで「ボヴァリー」などいつまで経っても出てこない。強力な磁石の前で針はか弱い。**「夫人」の前で「ボヴァリー」など大海の前の水たまり**なのであった。

さて、今回は「ワン・ダイレクション」*という異例があった。みうらじゅん氏と二人で広島県へと仏像を観に行った折、在来線の中でＮＴＴの広告が目に入ったのである。そして二人とも、そこに写っている外国の五人組を知らなかった。

そのときになってあわてて検索し、やはり大変な人気者とわかった我々は必死になってメンバーの名前を覚えようとした。だが、翌日になって思い出せるのはグループ名だけだった。『ど忘れ書道』では珍しく、覚えていた単語を書いたわけである。

＊エマニエル夫人
エマニエル・アルサンの同名小説を映画化した、一九七四年のフランスの官能映画。日常に退屈さを感じていた、バンコクに住む外交官の妻エマニエルが、アブノーマルなセックスに溺れていく姿を描く。

＊鎌倉夫人
一九六六年刊行の、立原正秋の長編小説。鎌倉を舞台に、女性たちの頽廃（たいはい）した恋愛模様が描かれた立原の初期の代表作。

＊立原正秋
一九二六年生まれ、朝鮮半島出身の小説家。『白い罌粟（けし）』で第五五回直木賞を受賞。編集者としても古井由吉など多くの作家を世に送った。

＊ワン・ダイレクション
One Direction。二〇一〇年に結成した、イギリスとアイルランド出身のメンバーで構成されたボーイ・バンド。二〇一六年に活動を休止。

触ると眠る植物〜ナオト・インティライミ

2014.01 〜 2014.04

ライト兄弟
モヒート
スキャン

マスカルポーネ
デッドストック
ナオト・インティライミ
コムデギャルソン
バインダー
滝川クリステル
止刹仏師
永遠にそばにたまに開けるドアに
バナナマン
触ると眠る植物
＝
オジギソウ
バーニーズニューヨーク

忘れた忘れた、今期も盛大に忘れた。

しかし、こう、なんと言えばいいのか、〝**膝を打つような「ど忘れ」**〟が少ないのである。確かにそれは忘れがちだ！とか、いったいあんたは普段何を考えているのだ！的な、見た途端に自分自身が笑ってしまうような、「会心」の忘却に欠ける。

これは私の気分の問題なのであろうか。「オジギソウ*」くらい忘れたところでどうということもない。ただし、あまりに長い時間思い出せないので、先に「触ると眠る植物」などと書いてしまった。その先走った行動こそが、私に「オジギソウ」への近道を封じたのである。

私は「**ネムリグサ**」みたいな名前にとらわれてしまった。「**マドロミバナ**」などという、まことに美しい命名も成し遂げられた。「**スイミン**」「**カイミン**」に続いて、「**バクスイ**」といった現代的な言葉さえ出て、私の脳それ自体が長い

***オジギソウ**
マメ科の多年草。ブラジル原産。葉が刺激を受けると、閉じて垂れ下がる運動をする。

眠りにつきそうであった。

いや、眠ったのだ、本当に。このど忘れを思い出すのには数日かかったのである。触ると葉を閉じるあの動きを「オジギ」と喩えるとは、私にはもはや思いもよらなかった。だいたい、こっちは勝手に触っているのだ。現代の人権感覚としては、触ったほうが頭を下げるべきであろう。

勝手に触っておいて、向こうに謝罪を求めるとはまったく思い上がりもはなはだしい。と、今では思い出したから思う。というか、思い出せなかった腹いせでそう言っているのである。今すぐ、「ネムリグサ」および「マドロミバナ」に改名してあげてほしい。

いやいや、そういう話ではなかった。私は私の「ど忘れ」がイマイチだと言っているのだった。「マスカルポーネ」*を忘れたからといってなんだというのか。**そんなポーネは私の幼少期にはなかった。**幼少期どころか中年期にもない。そろそろ老年かというようなときになって、いきなりポーネポーネとうるさくなったのである。

実体さえ、私にはあやふやだ。なんか木匙（きさじ）とかですくって皿に叩きつけるイメー

＊マスカルポーネ
イタリア全土で生産されるクリームチーズ。ロンバルディア州の特産。甘みがあり、スイーツに用いられる。

ジがある。一応食べたことくらいはあり（たぶんだが）、何かと合わせて料理されていたが、それがなんだったかはいっこうに思い出せない。

ただ、名前が面白かったから、そのときは覚えたのである。アル・カポネ＊みたいな野郎だ、と思った。ギャングじみた名前なのだが、「ポーネ」と伸ばすあたりでかわいげを演出している。女だろう。口紅がやたらに赤い。髪を金色に染めた、二丁拳銃の使い手である。

ちょっと妄想が暴走したが、その金髪女の名前を思い出せなかったのだった。レストランで、ではない。家で急に、私はあの〝木匙とかですくって皿に叩きつける〟チーズはなんだったっけ、と思った。すると、すぐさまガタイのいい女ギャングが浮かんできてしまった。ちっともチーズと関係がないから混乱をきたした。それで思い出すまでに、そこそこの時間がかかった。

それだけのことである。何ひとつ面白くない。まったく私としたことがどうしたというのだ。もっと冴えた「ど忘れ」がないものなのか。

まあ、許せたとして、「滝川クリステル」の横に「止利仏師＊」があるくらいのおかしさだろう。単体の忘れ方では通用しなかったところに、合わせ技が出た。「お

＊アル・カポネ
アメリカのギャングの首領。一八九九年生まれ、一九四七年没。禁酒法下のアメリカで、シカゴを拠点に酒の密売を牛耳って巨利を得た。ギャング映画『暗黒街の顔役』『犯罪王リコ』のモデル。

＊止利仏師
飛鳥時代の仏師（仏像を製作する工匠）、鞍作止利のこと。飛鳥寺の本尊（飛鳥大仏）、法隆寺金堂の金銅釈迦三尊などを製作した。

＊ライト兄弟
兄・ウィルバー、弟・オーヴィル。アメリカの発明家兄弟。一九〇三年に人類初となる動力飛行に成功した。

＊ギャラガー兄弟
兄・ノエル、弟・リアム。一九九一年の結成後二〇〇九年の解散まで活動した、イギリスのロックバンド、オアシスのメンバー。兄弟がバンドの中心で、ノエルがギター、リアムがボーカルを担当。たびたび兄弟間で不仲騒動が勃発する。

もてなし」の脇に、いきなり飛鳥（あすか）大仏を作った止利仏師である。時代もジャンルも違いすぎるが、たまたまこんな「ど忘れ」界で隣り合ってしまった。**どちらも相手をチラリと横目で見て、軽く会釈などしているであろう。**

「ライト兄弟*」も実に凡庸である。「兄弟もの」と言おうか。世界に兄弟ある限り、こんなことは「ど忘れ」してしかるべきである。今、強いのはやはりギャラガー兄弟*なのであって、ライトはなかなか浮かんでこない。グリム*も昔の兄弟としてはいい線をいっているが、記憶の中でのインパクトで言えばウォシャウスキー兄弟*が上ではないか。

そこへ行くと宗（そう）兄弟*はたいしたものだ。やはり双子という強みがある。ただし、同じ双子でも大竹まことがそうであることはあまり知られていないのではないか。私は若い頃から両方が並んでいるところを何度も見たが、それはそれは似ている。

えー、話がずれた。

ともかく、私は飛行機のことを考えているうちに、そこに有名な兄弟がいることを必然的に思い出し、しかし誰だったかを「ど忘れ」したのであった。だからといって私は驚きもしなかった。先ほども書いたように、「兄弟もの」である以上、あ

＊グリム
兄・ヤーコプ、弟・ヴィルヘルム。ともにドイツの文献学者、民話収集家、言語学者。二人が編集した『子供と家庭のためのメルヒェン集（グリム童話）』『ドイツ伝説集』で知られる。

＊ウォシャウスキー兄弟
兄・ラリー、弟・アンディ。二人とも性転換手術を受けたため、現在は姉・ラナ、妹・リリー。姉妹ともにアメリカの映画監督。『マトリックス』シリーズの監督・脚本で世界的に知られる。

＊宗兄弟
兄・茂、弟・猛。双子のマラソンランナー。一九八〇年のモスクワオリンピック（日本はボイコットしたため出場は叶わず）と一九八四年のロサンゼルスオリンピックで、ともに代表に選出される。ライバルの瀬古利彦と幾度も激闘を繰り広げた。

らゆる兄弟がぐるんぐるん頭の中を動き回るからである。鳥羽一郎*も相当強烈に記憶の前面に出たが、山川豊さんと兄弟だからではなく、もちろん『兄弟船*』を思い出してしまったからであり、ゆえにこそ私の迷走は続いた。

そこへ来て、ライトである。照明のライトとか、ヘビー級ライト級のライトとか、私くらいの世代だと漫才コロムビア・トップ・ライト*とか、チャップリンの『ライムライト*』とか、スパイク・リーなら『ドゥ・ザ・ライト・シング*』とかもう困ったくらいライトがある。**こうしたライト群の中で、ライト兄弟のランキングはかなり低下している**と思われる。

したがって一度「ど忘れ」したら最後、ライト兄弟は浮上しにくい。あらゆる〝思い出しにくさ〟を備えた人物なのである。だいたい、あなた、ライト兄弟のそれぞれの名前を知ってますか。宗兄弟なら宗茂（しげる）、宗猛（たけし）とすぐ出る。ギャラガーならノエルだ。もう一人はちょっと今、忘却の霞（かすみ）の向こうに……ああ、リアムだリアム。だがライト兄弟はどうですか、あなた。

今、禁断のネット検索をかけてみたけれども、ウィルバー・ライトさん、オーヴィル・ライトさんですよ。飛行機とか動力とかがお好きな方以外、こんな名前は出

＊鳥羽一郎
三重県鳥羽市出身の演歌歌手。実弟は同じく演歌歌手の山川豊。鳥羽、山川ともに本名は木村。

＊兄弟船
一九八二年の鳥羽一郎のデビュー曲にして代表曲。

＊コロムビア・トップ・ライト
戦後活躍した漫才コンビ。時事漫才で人気を集めたが、不仲でも有名だった。

＊ライムライト
一九五二年のアメリカ映画。チャップリンが監督・脚本・主演を務めたコメディー映画。同年に国外追放令を受けたため、アメリカで撮影した最後の作品になった。

＊ドゥ・ザ・ライト・シング
一九八九年のアメリカ映画。スパイク・リーが監督・主演を務める。リー自身が育ったブルックリンを舞台に、人種差別と人種間の対立をテーマに扱った映画。

てこないのではないか。今書いている私自身、五分後に質問されたらもうしどろもどろに決まっている。

ああ、そんなことにこれほど紙数を費やしてしまった。なんたることだ。しまいには所属バンド「レキシ」*の新曲『年貢 for you』*のラップ歌詞をライブ用に覚えている最中だったからといって、「永遠（とわ）にそばにたまに開けるドアに」などと韻文を書きつけてもいる。**それは「ど忘れ」ではない。「うろ覚え」だ。**この神聖なるスケッチブックを使って、私は何をしているのか。堕落である。失速、倦（けん）怠（たい）、えーとあの、あのー爛（ただ）れることのフランス語の、あの、ダダイズムじゃなくて、ほら、あ、デカダンス！　まさにデカダンスである。忘却界のデカダンス。

デッドストック*を忘れたからといってなんだというのか。まるで笑えない。バインダーぐらい人は忘れるし、スキャンを忘れることもあるだろう。忘れの天才、私としたことがどうしたものだろうか。コム・デ・ギャルソン*を言えなくなる瞬間など、おおかたの人を襲（おそ）うのではないか。

ただ、ナオト・インティライミ*を忘れ、思い出したときだけは笑った。俺にはまだ希望があると思った。

***レキシ**
ミュージシャン池田貴史によるソロプロジェクト。日本史上の出来事を扱ったユーモラスな歌詞が特徴。

***年貢 for you**
レキシの四枚目のアルバム『レキシ』に収録された楽曲。池田とともに、本書の著者も作詞に参加している。

***デッドストック**
英語で売れ残り品のこと。

***コム・デ・ギャルソン**
ファッションデザイナー川久保玲が一九六九年に設立した高級婦人服のブランド。

***ナオト・インティライミ**
日本のミュージシャン。世界各地を旅したのち、二〇一〇年にメジャーデビュー。

目玉のおじさん〜ど忘れ書道

2014.06 〜 2014.09

目玉のおじさん
風林火山
テゴマス
永川きよし
ど忘れ書道
イージーファイバ
ロバーメト
入道雲
ロバート・デニーロ
スエード
ピーター・セラーズ
衣紋かけ
フォンドボ
フリーキック
2014.6.21〜

しょっぱなから右端に「目玉のおじさん」という謎めいた文字が見えるであろう。そういう言葉があるのではなくて、これはゲゲゲの鬼太郎*の「目玉おやじ*」を間違えたのである。

「それじゃ、まるで『目玉のお』……」まで公（おおやけ）の場で口に出た。何か違うと思って言葉をのんだが、心の中ではすでに「目玉のおじさん」まで言っていた。頭にあの絵が浮かんでいた。お椀（わん）に入った目玉から手が生えている。

だが、それを「目玉のおじさん」と呼ぶと印象が違った。ちょっと上品な感じがあり、白い体もじつは絹（きぬ）のタイトな下着で、つまりフェンシングのスタイルのように思えた。すると、目玉の部分がヘルメットに感じられた。黒目のところは網になっていて敵を見るのである。

「目玉のおじさん」は洋館に住んでいるだろう。お椀はジャクージで陶器製だ。中には適温の湯が張ってあって、バラの花びらなど散っているのではない

＊ゲゲゲの鬼太郎
水木しげるによる漫画。アニメ化、映画化もされており、主人公の鬼太郎、目玉おやじ、ねずみ男、猫娘、砂かけ婆（ばばあ）などのキャラクターが広く親しまれている。

＊目玉おやじ
鬼太郎の父親でかつて重い病で命を落としたが、まだ赤ん坊だった鬼太郎への想いが強く、目玉の妖怪として生き返ったという設定。なお、本文の中で白い体とあるが、実際には肌の色で描かれていることが多い。

か。

しかし、それが鬼太郎の親としてふさわしいだろうか。というような疑念がある中、周囲が「確かに『目玉おやじ』ですね」などと言って笑ってくれた。物忘れの激しい年配の俺を無意識にサポートしてくれたのであった。

途端に、あのフェンシング・スタイルでジャクージに入っている大貴族は脳裏から消えた。ちょっとしたど忘れから希少な想像が生まれた数秒であった。

鬼太郎とおやじは親子であるが、俺も人の子で「風林火山」というか細い書はそれに関係している。父親が入院退院を繰り返すうち、アルツハイマーの気が出てきて物忘れがひどいのである。元来は正確な記憶を持つ男で、何年に上京して何年に社会でどんな事件があってなど、年表のようにしゃべることができた。

それが忘れる。まるで今の俺に対抗するかのように忘れてしまう。あるとき、病室にわかりやすい仏教書を持って行って、心を平静に保ってもらおうとしたら、親鸞(しんらん)*の『歎異抄(たんにしょう)』*に若干食いつき、しかしベッドに寝ながらじっと空に字を書いている。

ついに悟ったかと思うと、「シンランのランが書けない」と言う。俺も書けない

＊親鸞
浄土真宗の宗祖とされる仏教家。一一七三年生まれ、一二六二年没。

＊歎異抄
鎌倉時代後期に書かれた日本の仏教書。親鸞の死後、師の教えと異なった教えが伝えられていることを嘆いた弟子の唯円(ゆいえん)によって書かれたとされている。

と告白すると、少し体を起こしてメモを取り出し、「糸に言に糸……」と書く。「ああ、鳥」と俺もさすがに思い出すと、父親も「ああ、そうだ。鸞だ、鸞」と書いた。めでたしめでたしであった。

が、ほんの五分もすると父は頭を抱えた。「忘れた。さっき書けたのにもう忘れた」と絶望するように息を吐く。俺もそう言われれば微妙にしか覚えていない気がした。ど忘れ合戦であった。一方はど忘れ常習者の俺。他方はアルツハイマーが始まったと診断されている父親だ。

それで**〝親鸞の戦い〟**がしばしばあったのだが、もちろん覚えているという意味では俺が勝利した。いくらなんでも二回確認すれば、その後の父の短期記憶の失い方にはついていけなかった。

ともかく、その忘れっぽい父子がどちらともなく「あのー、詩吟(しぎん)の、ほら、武田信玄の*」と次なるお題に向かったのである。脳内に、のぼりが見えた。信玄が戦(いくさ)に出ているのがわかった。法螺貝(ほらがい)の音も勇壮に鳴った。兵が鬨(とき)の声を上げていた。その武田信玄の軍のキャッチフレーズがあるのはむろん二人ともわかっていた。だが、出てこない。

＊**武田信玄**
戦国時代の武将で、甲斐の大名。上杉謙信との数度にわたる川中島の戦いは有名で、「信玄家法」の制定や治水工事などでも業績をあげた。

「なんか、ほら、四文字の」「そうだ、あれあれ」「筆でこう書いてある」「詩吟でうたう」「うたう」「信玄の」「信玄の」「ほら、四文字の」

俺も入院したほうがいいくらいだった。看護師さんが入ってきたらなんだと思っただろう。しかし、信玄をいったん離れ、彼の戦法を考えてみたら、すぐに出た。

「静かなること風のごとく」

「そうだ、風林火山*だ！」

父子は喜んだ。しかし実際は「はやきこと風のごとく」であるから、次が混乱するのは当然であった。

「えー、林はなんのごとくだったたっけな」

そこが静かなることである。だからさっきの始まりでは絶対に答えは出ない。父子はしばし頭を悩まし、

「まあ、風林火山だ」

「うん、風林火山」

で済ませることにした。

その他も〝いつものごとく〟である。芸人の「ロバート*」をロバーツと言って、

＊風林火山
武田信玄の軍旗に記されたとされる、「疾（はや）きこと風の如く、徐（しず）かなること林の如く、侵掠（しんりゃく）すること火の如く、動かざること山の如し」の通称。

＊ロバート
一九九八年に結成されたお笑いトリオ。メンバーは秋山竜次、馬場裕之、山本博。

デビュー以来姪のように思っている安めぐみ*に、ラジオ収録中やんわりと「ロバート」と直された。

「イージーファイバー*」を近頃愛用しているのだが、その愛用品の名前を忘れた。買い足したいのだが薬局で名前が出ない。怪しく立ち尽くした。下を向いて。じっと。私に必要なのは繊維よりも記憶の薬であった。しかし、これは『イージー・ライダー*』のシャレ(推測)なのがいけない。デニス・ホッパーと繊維質のどこに関連があるというのか。「イージー」と来たら、こっちはライダーだ。まさか「ファイバー」が来るとは夢にも思わない。だから忘れると出てこない。

「入道雲」を忘れると意外にてこずる件については、また次回にでも書こう。冬に。

今回もっともひどいのは『ど忘れ書道』である。「あ、あの人、名前なんだっけ?あれに書かなきゃ、あれに」と一度にふたつ忘れる事態におちいったのだった。おかげで『ど忘れ書道』は思い出した。

だが、もうひとつ忘れていた人物については、誰を思い出そうとしていたかさえ忘れてしまった。

＊安めぐみ
タレント、一九八一年生まれ。ラジオ、テレビなどで活躍している。

＊イージーファイバー
小林製薬の食物繊維サプリメント。

＊イージー・ライダー
一九六九年に公開されたアメリカ映画。デニス・ホッパーとピーター・フォンダが演じる二人の若者が、マリファナの密輸で得た大金をタンクに隠してオートバイで放浪の旅に出る。アメリカン・ニューシネマの先陣を切った記念碑的傑作と称される。

思い出す〜ナベちゃん

2014.10 〜 2015.01

ユリオカ超特急

ミニオラフ

フリース

稲川淳二

ナベちゃん

パンデミック

ど忘れジャパン（あやまん）

ネプチューン

思い出す

ヒヨコ女

さとう珠緒

ピュアシナジー

山本寛斉

ドラァグクイーン

ゾンビちゃん

プリンセス天功 2014.10.10〜

今回のど忘れはあまりに多く、とにかく加齢もあってかなんでもかんでも忘れた。ときには思い出すことができず、そのせいでここに書き出せなかったものもあるわけで、そういう意味では末期的な状態である。

中央左に「思い出す」と書いてある。これはついに一般的な動詞さえ忘れ始めたことを示している。事実、ええと、あれをなんていったっけな、**忘れてたことをあれすることを、あの、行為を指す言葉なんだけど……**みたいなことになったのである。

人前でなくて本当によかった。自分一人で考え事をしている最中であった。耄碌（もうろく）という次元を超えていると思った。背中に冷たい汗が流れた。「思い出す」という言葉を思い出せないということに、人格的な崩壊があった。ひとつの言葉に詰まると目の前が次第に白くなってきて、頭の底のほうまでその白い霧みたいなものが広がるのである。同時に、そこへ落下するような気持ちになった。

ああ、思い出すだ！　と思い出したとき、安堵するより逆に恐くなった。そんな単純な言葉を忘れていたという事実に直面したからだ。もっと難解な言語だったらよかった。想起するとか、アウフヘーベン*するとか、失念するとか、アプリオリ*な何かとか、そういうあれなら。だが実際は違った。動くとか、笑うとか、取るとか、食べるとか、指すとか、住むとかそういうレベルの言葉であった。それを自分は忘れて思い出せないのである。

横に「ヒヨコ女」と書いてある。お祭しの通り「ヒモノ女」のことである。確か二回目だ。それをあろうことか私はヒヨコ女と言っていた。これは人前だった。ちょっとした話の中でつい「あ、それ、ヒヨコ女でしょう」と言ってしまった。途端に変な感じがした。指したいのは「ヒモノ女」なのに、声になって耳に聞こえたのが違う六文字だったわけである。意味が映像になって伝わってこない。それはそうだ。ヒモノとヒヨコは韻を踏んでいるが、まるで異なる。聞いているほうはより困ったことだろう。

そもそも「ヒヨコ女」とはなんなのか。**小さいのか。黄色いのか。**親について歩くのか。クチバシで米などつつくのか。そのうち頭にトサカが生えてくるの

＊アウフヘーベン
ドイツの哲学者ヘーゲルが提唱した概念。日本語では「止揚」。対立し合う関係をひとつ上の次元へと引き揚げるという意味。

＊アプリオリ
前提として疑うべきでないこと、という意味。

か。ヒョコヒョコ体を左右に振るのか。ピーピー鳴くのか。やがてコケコッコーというのか。「ニワトリ女」との決定的な違いはどこにあるのか。

謎であった。口から出た言葉は何をも指していなかった。しかし自分の脳裏には「ヒモノ女」的な生活の実態がうすぼんやりと浮かんでいるのである。まったくもう破滅的な状況であった。

一番右に「フリース*」とも書いてある。これは現代人としてどうなのか。「あったかいあれ」で済ませていい問題ではない。**新素材的なあれである。軽いあれである。いろんな色のあれ、手頃な値段のあれ、日本で画期的な開発があったあれである。**それが言えなかった。「あの、ほら、保温の、ユニクロの」とそこまで出ているのに、だ。

そこで相手も早い時期に「フリース」と受けてくれればよかった。「あの、ほら、保温の」でもう答えを引き継ぎ、会話を成立させるのが人情というものだ。にもかかわらず、このときの相手は頭の固い友人であった。私が手真似で「フリースを着るところ」をやっているのだから、どうしたって「フリース」のことなのに、「保温」のところにこだわったのである。眉根を寄せてその技術のより難しい名前を探

＊フリース
ポリエステルの編み地を起毛した防寒着。一九九〇年代後半にユニクロが発売した、低価格のトップスが爆発的なヒットとなり、その後は秋冬定番アイテムとして定着している。

す顔をした。「いや、違う違う、そうじゃなくて」と私は相手がしゃべってもいないのにそう言ったのである。そうなると、相手も意地になる。まさか今さら「フリース」とも言えなかったのだろう。余計に眉根を寄せる。険悪なムードにさえなった。すべては私の記憶力が激しく低下しているせいであった。

「ニンジンの人」とも書いてあるのをご覧いただけるだろう。「フラッフィ」ともある。矢印があって「オラフ*」と書かれている。ご明察のごとく、私はアナ雪*のあの雪だるまみたいなやつ、というより雪だるまそのものの「オラフ」のことが伝えたいのであった。それを「アナ雪」という言葉が妨害した。私は映画を楽しんだ。が、正直言って誰がアナだったか、雪とはお姉さんのことなのか、それとも「アナの雪」だったのかといった重要なことを覚えていない。

　したがってソリを運転する屈強なあの男*の名前もここで言うことができないのだが、いくらなんでも「オラフ」を「ニンジンの人」と言うのはひどい。名前を言ってやらなければ存在自体が溶けてしまうような、あれはそういう妖精のような、物体そのもののような、他に似た感じのものがないキャラクターだから、忘れてしまえばいなくなってしまう。

＊オラフ
姉のエルサが魔法の力を使って作り出した雪だるまという設定で、鼻の部分がニンジンでできている。

＊アナ雪
二〇一三年に公開されたディズニーの映画『アナと雪の女王』のこと。主人公の王家の姉妹の妹の名前がアナで、姉のエルサが雪の女王。

＊屈強なあの男
アナの旅を手助けするキャラクターで、クリストフという名前。

それを「フラッフィ」とはなんであろうか。どこからそんな音が出てきたのか。最後の「ィ」は縮小辞*であろうから、元に「フラッフ」という単語があるのだろうし、調べてみると実際に「ふわふわした」という意味があって、ということは私はそれを知っていて「**ふわふわちゃん**」みたいな名前を付けていたらしく、それはそれで悪くはない名前ではある。

だが、それは太った木村某さんとか、背の高い上杉さんとか、そういう個人に「**ぶっといちゃん**」とか「**ノッポさん**」とかテキトウなあだ名を付けるに等しい。まったくもって人間の尊厳を損なうような、恥じるべき行為だ。「オラフ」という立派な名前のあるニンジンに、いや雪だるまに「ふわふわちゃん」とは属性でものを語るにもほどがある。

というわけで、自分に嫌気がさしたのが今回である。忘れるにも限度がある。思い出せないのにもほどがある。

「ナベちゃん」ともあるが、もはや何を忘れて何を思い出そうとしたのか、それがわからない。誰のことなのだ？

***縮小辞**
主に名詞や形容詞に付けて、「小さい」「少ない」「かわいい」「親しみ」の意を加える接辞。指小辞ともいう。

ケリー国務長官（パンの顔）〜だんじり

2015.03 〜 2015.06

ダフトパンク
つばめグリル
荒川良々
ケリー国務長官（パンの顔）
だんじり
はるな愛
氣志團
スギ薬局
スリムクラブ
OS-1
インパルス板倉

2015/3/23〜

忘れた忘れた、忘れたなんてもんじゃない空白だ、記憶がないくらいの勢いだ、さらに間違えた言葉が出てくる。どう間違えたかもすでに覚えていないのだが、加齢もあってほんとにどうにかしちゃったんじゃないかと思うような三カ月であった。四カ月かもしれない。

「ケリー国務長官*」という文字が書いてある。横には（パンの顔）とある。まず私の頭には米国のケリー国務長官の顔が浮かんだのであった。急に浮かんだ。で、感触としてはそのとき、「ケリー」という名前は出てきていたと思う。

ところが、浮かんだ顔がなんだか大きなパンがつぶれたみたいな感じだと考えたのである。失礼な話だが、私にはどうしてもパンであった。それも菓子パン。それがなんらかの圧力でつぶれた。おかげでインドのナンみたいな感じになった。それがあの国務長官だ、と。

するとと固有名詞がぶっ飛んでしまっていた。**最初にぼんやりわかっていた**

＊ケリー国務長官
ジョン・ケリー。二〇一三年二月から二〇一七年一月まで、アメリカの第六八代国務長官を務めた。

「ケリー」が、つぶれパンによってかき消された。その印象的な形態のほうのイメージが覆いかぶさってきてしまった。不思議なもので、そうなってみると元の記憶に戻れないのである。

こうなるとどん詰まりだ。いきなりどん詰まり。そもそもケリーというのが苗字だったか名前だったかが曖昧だったために、それはずいぶん遠くに葬り去られている。彼の名がパン国務長官、であるはずもない。つぶれ国務長官ではなおさらなかろう。ケリーが消えた。二度と出てこない。

検索せざるを得ない私の情けなさといったらなかったし、ケリーだとわかったときの信じられなさも理解してもらいたい。いやあそんなシンプルな名前だったか、あの国務長官が。パンにはなんら関係のない名前だったのか、と。

同じような記憶の深い霧に、荒川良々*がいた。何度も会っている。楽屋などで「おう、良々!」などとなれなれしくも呼んでいる相手だ。ドラマでも映画でも観ている。忘れようのない顔だ。ケリー国務長官ほどではないにしても。

それの名前をうっかりど忘れした。運の悪いことに、しかも苗字から思い出そうとしてしまった。気を楽にして「おう、良々!」の調子でよかったのである。それ

---

*荒川良々
俳優。一九七四年生まれ。劇団「大人計画」に所属している。

を肩ひじ張って「荒川」から行こうとした。それですっかりとどこおった。「荒川」が出てこない。出てこないと順番的に「良々」が出なくなる。私は結果的に「荒川良々」を見失った。でもって、戻れなくなった。頭の中にぼんやりとした白い雲が漂う状態が続いた。

　彼の坊主頭からして、なんというか、「清涼」という名前ならすんなり出ただろう。「丸々」というのもいい。それなら良々もすぐ出たろう。**「丸々良々」**。うん、これはかなりイメージ通りだ。あるいは「散髪」という苗字もぴったり来る。それならすかさず思い出せた。物事の論理をたどれるからである。

　それがまさかの「荒川」であった。荒川といったら、私の世代は「ばってん*」しかいない。あとは「荒川区」ということになる。近頃友人に教えてもらった安くてうまい寿司屋のある区だ。町屋*などにも子供時分からなじみがある。その荒川が「良々」の上に付くとは、一度忘れてみると意外この上ない。

　中央にでかでかと「はるな愛*」と書道してある。これもすらすらっと「はるな」から行けば出たはずなのだが、「愛」のほうから思い出そうとした。するとその一文字がわからなくなった。追っかけているうちにすぐ上の三文字も消えた。消えて

＊ばってん
ばってん荒川。一九三七年生まれ、二〇〇六年没。九州地方を中心に活躍した演歌歌手、役者。

＊町屋
東京都荒川区の町名。

＊はるな愛
タレント。一九七二年生まれ。アイドルの松浦亜弥のモノマネ（エアあやや）や「言うよね～」というせりふなどで注目される。

みると、ひらがなだということを忘れ去った。三文字の漢字プラス一文字の漢字＝……なんだろう？　**三銃士修。**いやいや一人で三銃士はないだろう。それに修というのは男の名前であり、彼女はそんなジェンダーでは気に入らないはずだ。となると、**苫小牧（とまこまい）純。**微妙な名前になった。私は絶対に正解にたどりつけないとわかった。

はるな愛だったときの納得は大きかった。なーんだ、はるな愛か！　なーんだも何もない。それしか答えがないのだから。しかしそれでも私は納得したのである。「はるな」が苗字っぽくも名前っぽくもあることで、自分がなおさらイメージの混乱におちいっていたことに気づいたからである。私の忘却のパターンのひとつがこれであるとわかったのだった。

「インパルス板倉*」もそうだ。彼はなんとなくインパルス板倉と呼ばれているだけで、本来は板倉俊之なのである。そういうことが頭にひっかかっていると、いざというときにするっと忘れる。忘れたらもう思い出しようがない。最初から板倉で考えれば俊之は出たはずなのだ。

では「だんじり*」もそうかと問われれば、「だん」でも「じり」でもない。だん

***インパルス板倉**
板倉俊之。お笑いコンビ・インパルスのボケ担当。ツッコミは堤下（つつみした）敦。

***だんじり**
祭りのときに奉納される山車（だし）を指す西日本での呼称。だんじりを用いる祭りとしては岸和田だんじり祭が有名。

じりはひたすらだんじりである。私は理由もなくど忘れした。
申し開きようもない。
自分のど忘れ頭を下げるのみである。
私は何かにつぶされたパンのように自分を感じる。

べこ（牛っこ）〜掟ポルシェ

2015.06 〜 2015.09

叶恭子

ハリー・ポッター

実に面白い（それは面白い。面白いね）

ジャックニコルソン

ボラーニョ

べこ（牛っこ）

ヨンさま

夏バテ

モンブラン

情熱大陸

唐草模様

打ち首

掟ポルシェ

2015/6/25〜

いきなり「べこ*」が思い出せなかった。がしかし、その「べこ」を思い出さざるを得ない状況自体、今はもう思い出すことができない。なんであろうか、日常生活において「べこ」と言わねばならない契機とは。

とにかく私は忘れた。忘れたどころか、仕事相手に向かって、「つまりその、牛っこみたいなことです」と言ったにちがいない。「牛っこ?」などと問われたらもうおしまいだったろう。私は牛に対して「こ」を付けるほどの深い愛情を持っていない。**丑年生まれで普通の人よりは少し牛寄りではある**と自認するが、だからといって「牛っこ」はまずい。それはそもそも東北の言葉の誤った引用である。本来は「べこっこ」でなければなるまい。しかし「べこっこ」が出るくらいなら、「べこ」はすでに出ている。そうでないから困る。

こういうときはたいてい相手が助けてくれることになっている。年々そうだ。私は悠揚迫らずにっこりと微笑んでいればよい。すると相手が「ああ、べこ的な」な

*べこ
東北地方の方言で「牛」という意味。

ど対応してくれる。「おそらく牛っこという言葉もあるのだろうし、いとうさんはそうした昔ならではの呼称をよくご存じだろうから。けれどもウチの雑誌では読者へのわかりやすさを重んじて、ゲラの段階でべこに直しておこう」とまで、優秀なる編集者諸君は考えるであろう。

そういうわけで、年をとるというのは相手まかせになること、と言っていい。ずいぶん楽だ。いや抜群に楽だ。楽だからこそ私から日々緊張感が奪われかねないのである。まあそこそこのことを言っておけばいいか的なおおまかな指令を脳が出してしまう。**脳のどこがどこに出すのかは知らない。それは各々が考えればよかろう。**ともかく「そこそこ主義」みたいなものが言語のメタレベルを支配するからこそ、私のど忘れも止まらない。

ダジャレというやつも同じである。さほどウケない。とくにクリエイティビティもなく、誰かが言い習わしてきたことを言う。それは場の雰囲気を「相手まかせ」にするからこそできる。「そこそこなんか言っとけばいい」という甘えの心と、「俺はもうこういうキャラでいいのだ」という存在自体への甘えが二重に人をダジャレに向かわせる。

私の場合、いくらなんでもダジャレはやらない。がしかし、思いついた言葉をひとまず口から漏らすという傾向は、とくに長いつきあいであるみうらじゅん氏との見仏旅行で如実（にょじつ）である。**「如実ね」「如来じゃなくてね」「如実如来みたいなね」**というような会話が一日続く。それはほとんどダジャレぎりぎりであるが、言語溶融と言うほうが妥当である。とはいえ、ここにもまた「相手まかせ」が濃厚だ。相手がいつか「全然違うけどね」とひとまず話の終止符を打つことが期待されている。されているがどちらもなかなか打たない。したがって言葉の土砂災害みたいなものがだらだらと続いてしまうわけである。

誰かがなんとかしてくれるという思いは、これほどまでに人をいい加減にする。ただしそれを他力本願と見れば、悟りに一歩近い。自力ですべてなんとかしようという思い上がりではなく、こちらは何か投げかけるのみであって諸行無常の世で事柄を決定するのは阿弥陀の御心（みこころ）であると思うのであれば、尊い気持ちである。まあ、そういう気持ち抜きに私は「牛っこ」と言ったのであり、言語溶融を親しい仲間の間では起こしているのだが。

というわけで、というつなぎの言葉もおかしいのだが、まあ何はともあれ「牛っこ」は「べこ」のど忘れ言語溶融系であった。右端の「実に面白い」のど忘れに関してても似たことが生じている。福山雅治氏のなんかのドラマ*での有名な決めぜりふである。しかしそのドラマを観ていない私は、それを適宜挟むと面白くなるタイミングで、つい「それは面白い」とか「面白いね」とかアバウトなことを言ってしまうのであった。言いながら「これは違うな」とは思っている。なぜなら周囲がちっとも笑わないからで、それどころか「ああ間違えてるのかな……」と変な雰囲気になるのだ。

私は「あれだよ、諸君」「正しいのを誰か補足的に言ってくれ！」という切実な思いに駆られた。そうしさえすれば、笑いのさざ波が起こるのである。しかし年下の連中は私に遠慮してか言ってくれない。「相手まかせ」のできない不器用なやつらであった。フォロー下手のド素人であった。こちらは彼らを信頼すればこそアバウトにやっていたのに、なんというふがいなさだろうか。

そこで私は何か有名な仕草があったと思い出した。**目に関係しているという直観が来た。**それで片目を手でふさいでそれを開けてみせながら「いやあ面白いよ」と言ってみた。空気はさらに固まった。冷えて固まり、時は止まったまま

＊福山雅治氏のなんかのドラマ
フジテレビ系列で二〇〇七年十月～十二月に放送された『ガリレオ』のこと。福山雅治が演じる主人公・湯川学の口癖「実に面白い」「実に興味深い」が話題となった。人差し指を眉間にあてる独特の決めポーズがある。

であった。私はせめてメガネに触れるべきだったと今はわかる。しかし現実のところ、鬼太郎のご父君が取れて飛び出すみたいな感じのことを、しかも不適当な言葉とともにやらかしたのだ。

もうこれ以上、そのあとのことを思い出す気分になれない。ごまかしに満ちた長い時であった。それでもリカバーはできなかった。

さて私は「打ち首」も「夏バテ」も忘れた。大変残念なことである。きわめて一般的な言葉（まあ「打ち首」を一般的と言えるかどうかには多少の議論が必要かもしれない）まで、私は失念するにいたっている。これはもはや「相手まかせ」ではいられないのではないか、と書いていて思う。自分を叱咤激励してこの健忘症の波を食い止める真面目さが、私に問われているのではあるまいか。いや、そんなことは最初からわかっていたはずではないか。

しかしまた私はなぜ、どのような機会に「掟ポルシェ*」と発言しなければならなかったのだろう。そしてその人名を見事に忘れたのであろうか。

＊掟ポルシェ
日本のバンド「ロマンポルシェ。」のボーカル。

初書き（書きぞめ）〜懐中しるこ

2015.11 〜 2016.03

初書き（書きぞめ）
羽田美智子
G・STAR
南部虎弾
2015/11〜2016/3
セザンヌ
エンジントーク
アクセルトーク
（アイドリングトーク）
スケジュール
狼霧のハウスマヌカン
サミュエル・L・ジャクソン
懐中しるこ

恐れ入りますが切手をお貼り下さい

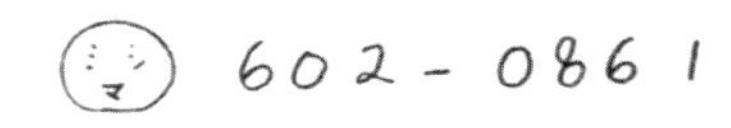

京都市上京区新烏丸頭町
164-3

株式会社 ミシマ社 京都オフィス
編集部行

フリガナ

お名前　　　　　　男性．女性　　　歳

〒

ご住所

（　　　）

お仕事．学校名

メルマガ登録ご希望の方は是非お書き下さい。

E-mail

※携帯のアドレスは登録できません。ご了承下さいませ。

★ご記入いただいた個人情報は、今後の出版企画の参考として以外は利用致しません。

ご購入、誠にありがとうございます。
ご感想、ご意見をお聞かせ下さい。

① この本の書名

② この本をお求めになった書店

③ この本をお知りになったきっかけ

④ ご感想をどうぞ

＊お客様のお声は、新聞、雑誌広告、HPで匿名にて掲載させていただくことがございます。ご了承ください。

⑤ ミシマ社への一言

ずいぶん形式が変わってきたことを、少数の方は感じているだろう。図のもっとも右を見てもらえばわかる。

「初書き」としたためられており、その横に（書きぞめ）と説明がある。本来ならば忘れた言葉そのもの、つまりこの場合「書きぞめ」のみをここに大書すればよいのである。

だが、自分が「書きぞめ」という大切なひとことを忘れた折、まず何をかわりに思ったか。それが重要となってきているのであり、さらに言えばその「代用語」みたいなものを私は覚えていられないのである。だからこのページに書いておいてしまうことになったわけだ。

「書きぞめ」を忘れて言えなくなっている正月など、私にはもはや当たり前なのだ。すんなり口から出てくるほうが摩訶不思議（まかふしぎ）なくらいで、むしろそこで自分が「初書き」と口走ってしまった事実を誉（ほ）めてやりたいのである。意味的にいって、「初書き」以上に適切な言葉はないから。

「そめ」は難しい。一年に一度、我々は「そめる」。そのあとはずっと「そめる」のを忘れて暮らしているのだから、いきなり「書きそめ」ることなどできはしないのだ。他にも「はじめ」などという言葉もあって、このへんは非常に任意的に決まっているにすぎない。

対して**「初」は最強である。**「笑いぞめ」は初笑いに統一でいいのである。中には「姫はじめ*」はどうするんだという者もあろうが、別に「初姫」でよろしい。そもそも「姫はじめ」は柔らかく煮た米の食べ始めなどを指すのであって、性的なアレコレではない。そこにも人々の歴史的など忘れが積み重なっており、私がつい口走ってしまった「初書き」みたいなことのほうが採用されて言葉が変化してしまったのと同様である。

さて「エンジントーク」という書もある。その左脇には「アクセルトーク」とある。カッコ内が正解の「アイドリングトーク*」なのであるが、こんなもの忘れてもさして困りはしないことを私は示したかった。「アイドリングトーク」などというテレビ業界用語は必ず正確に使われる必要もない。何を指しているかがわかれば、

＊**姫はじめ**
一月二日の行事を指すが、行事の内容については諸説ある。正月に初めて、柔らかく炊いたご飯を食べることを指すという説が有力。

＊**アイドリングトーク**
本題に入る前に場を温めるために行われる会話。主にテレビ業界で用いられる。

それは同じような車用語で置き換えることができる。それが「エンジントーク」であり「アクセルトーク」なのである。

「エンジントーク」が実際にどんな意味なのかは知らない。つまりスタジオの雰囲気をあったためて、始動するにふさわしい活気であふれさせることだろう。「アクセルトーク」もグッと踏み込んでいるのだからいい。**もともとの「アイドリングトーク」自体が変なのだ。**エンジン内の回転を落とさないためにポテンシャルを保持しておくのがアイドリングなわけだから、「冒頭からのアイドリングトーク」というものはなく、かえって「アクセルトーク」が正しい造語にちがいない。

そう強弁する私だが、「スケジュール」を忘れたのは痛かった。マネージャーから先々の予定を言われ、それをスマホのアプリに入れながら、ふと「こないだ聞いた……」と私は言ったのである。「……」の部分がむろん「スケジュール」という六文字の入る場所だ。

しかし出なかった。「スケジュール」という基本的な単語、例えば正月にだけ使うわけでもなく、他にもっと適切な言いようがある造語というのでもなく、あくまでも日々使用されるごく普通の言葉が。これには動揺した。マネージャーは何があったのだろうと真剣な顔をこちらに向けている。まさかそこで**「あのー、ほら、未来の予定をあらわす言葉でさ、あの、みんな言うよね、もう毎日言うやつ、あれあれ」**などと弱音を吐いて威厳をなくすわけにもいかない。

それで私は「こないだ聞いた……」のあと、「アレは入らなかったの？」と少し声を低めた。いかにも裏で秘密の何かが動いているため、大きな声で言えない感じにしたのだった。しかし、事実そんな〝秘密の何か〟はまったく存在しなかったので、逆にマネージャーの眉が寄せられた。「え、先日何も入れないつもりだとお伝えした日ですが」「あ、そうだっけ？」とそこでやめておけばよかったのである。なのに私は「あ、じゃアレはもうよかったんだね？」と余計なことを付け加えてしまったのである。

当然「アレと言いますと……」ということになる。それは単に「スケジュール」という言葉であり、まさか誰も忘れるとは思っていない六文字なのだが、私がそれを打ち明けてしまえば「いとうさん、少し休みますか？」と言われかねない。だから「ああ、もうそれで大丈夫。ちょっと気になってたもんだから。うん、それでえとその次のアレのほうだけど」「あ……次はもうお伝えしている通り、打ち合わせが十四時からです」

こういうふうに私は九死に一生を得たのだけれど、恐ろしくてたまらないのである。「スケジュール」が出ない頭から、他にどんな切れ味のいいツッコミが出てくるというのだ？　どんな的確な比喩、詩的言語が可能なのだろう？　ともかく私の脳神経はかなりまずいことになっていると言わざるを得ない。

「サミュエル・L・ジャクソン*」が思い出せなくなることなんか、もはやこんな能力の私にとってごく当たり前の事態ではなかろうか。**思い出せているほうが変異**なのであり、かの名優の顔を見て一発で「サミュエル」が出るのが実に特殊だ。したがって私はここに「サミュエル・L・ジャクソン」が書いてあることに安堵さえ覚える。

さて、「懐中しるこ*」を思い出したい状況自体かなり変だけれども、ともかく私は言えなかった。そして一時間くらい経ってようやく記憶の糸をたぐったのだけれど、「懐」の字を間違えている。

こんな字はない。

もうダメだ。

＊サミュエル・L・ジャクソン
アメリカの俳優。一九四八年生まれ。主な出演作に『パルプ・フィクション』『ダイ・ハード3』など。

＊懐中しるこ
最中（もなか）にお湯を注ぐとおしるこになる商品。複数のメーカーが販売している。

倖田來未〜袖をまくる（むく）

2016.04 〜 2016.06

最後のすかしっぺ
手際
甲斐よしひろ
犬神家の一族
袖をまくる（むく）
傘
福
ともや（アミヤ）
赤
スターベックス
倖田来未
2016/4〜

どんな規則で『ど忘れ書道』が成り立っているか、ますます曖昧模糊としてきた。本来の〝思い出したらその喜びとともに反省を込めて誠心誠意書道する〟という形から、間違えたほうの文字を書く（そうしないと思い出せずに口走っていた言葉を忘れてしまうから）、あるいは両方を記録として書道しておく、などなどレギュレーションがはっきりしない。

要するに連載の趣旨をすっかり失念しているからで、俺はなぜこんなスケッチブックに真剣に文字を書いているか、実に不思議な気分での書道がたび重なっているのである。人はなぜ多くの言葉を、しかも同じ紙の上にレイアウトせざるを得ないのか、といった余計なことも考える。馬鹿な話で、答えは「連載してるから」に決まっているのだし、「人は」ではなく「連載を持つ者は」にすぎない。

まあそういったわけで、かなりゆるゆるになってきている俺の記憶がとらえきっていないのが「倖田來未*」であり、何年も何年も俺は「こうだくみ」だったか「こ

＊倖田來未
歌手。一九八二年生まれ。二〇〇〇年にデビューし、多くのヒット曲がある。

うだみく」だったかわからないままだ。**これはもちろん「來」の文字がクセものだから**で、もしここが「来」であったら俺も即座に「こうだくみ！」と記憶したにちがいない。

　ところが「來」だった。一瞬読めない。なんと読むのか？　と軽いパニックになった隙間に、ふっと次の「未」が意識に混ざり込んでくる。答えがありますよ、とばかりに「未」は脳裏にちらつく。単純な俺の脳はすぐにそこに飛びつく。「そうだ、未だ。字がそっくりじゃないか！」というわけだ。

　で、「こうだ」のあとに「み」が来てしまう。こうなるともう終わりだ。無理やり「未」を「く」と読んで、それで口笛でも吹いて自分をごまかすことになる。全体の「こうだみく」という並びもまたかわいらしい名前だから、積極的にそれに酔ってみせたりする。ここ数年では「初音（はつね）ミク*」も混じってきて、未来的な照明の中で踊るイメージなのだが、実際の「倖田來未」さんもその路線をきわめもしているから、容易に真実を覚えることが難しい。

　しかしだからといって、「ふみや」を「ともや」というのはどうなのだろうか。カタカナだから実際は「藤井フミヤ*」である。俺たちと同世代だ。ただそのカタカ

***初音ミク**
メロディや歌詞を入力することで音源を作成することができる音声合成システムを使い、クリプトン・フューチャー・メディアが開発したボーカル音源およびそのキャラクター。

***藤井フミヤ**
ミュージシャン。一九六二年生まれ。元チェッカーズのボーカル。一九八三年に「藤井郁弥（ふみや）」から改名した。

ナは改名によるもので、わずかな混乱がど忘れにつながりやすい。とくに表記が変わるくらいだと、どうしても記憶の層の裏側に事象が隠れてしまう。会話の中で出そうになった「フミヤ」のことを言いたいし、頭にはチェッカーズ以来の衣装などが浮かんでいるのに、どうしても名前だけが出なかった。

いや、**しかしだからといってなぜ「ともや」なのだ。**世代的に言って「ともや」は「高石ともや*」だ。ナターシャセブン*だ。知らない若い方々も多いだろうが、社会の激変とともに歌を作ってきた人だ。フォークのヒーローの一人だ。しきりに「ともや」が口から出そうになる。だが、俺はそれをやったら終わりだということもなぜかわかっていた。違うに決まってる名前だし、中でもとくに分野が違う。ではどうしてそれが記憶の底から上がってくるのだ。「フミヤ」を押しのけて、「ともや」なのだ？

俺はなんということもない会話の中で、同時に『タッチ*』の双子のことが思い出の覚醒を邪魔するのにいらだった。しかも俺はあの漫画を読んだことがないので、名前の最後の字が「や」で終わること以外、その悲劇の双子の情報があまりに薄かった。であるからして、問題はかえって藪（やぶ）の中というか、泥沼の中というか、記憶

＊高石ともや
フォークシンガー。一九四一年生まれ。フォークバンド、ザ・ナターシャー・セブンのボーカルやギターを担当。

＊ナターシャセブン
ザ・ナターシャー・セブン。一九七一年に結成されて一九八〇年代前半にかけて活躍した、日本のフォークバンド。

＊タッチ
あだち充による漫画。双子の兄弟である上杉達也と和也が主人公で、高校野球や、二人の幼馴染みである浅倉南との恋愛を描く。大きなヒットとなり、アニメ化もされている。

の白雲の奥へと消えた。

　つまり俺は「や」で終わる四人の誰が誰なのかわからなくなり、しかもその四人のうちのたった一人「ともや」の名と人物像以外、あやふやなのだった。

　まあ、しかしこういう会話は自力で済ませるのをあきらめるより他ない。「チェッカーズの、ほらほら」と促せば、相手から正解はすぐに出る。簡単に出る。面白くもなんともないくらいするりと出る。それであとは俺が『タッチ』のことをうやむやにして家に帰ればいいだけだ。

　だが、今回のスケッチブックには「手際」とか、「傘」という単語もある。これはいい加減に済ませていいど忘れではない。ついに日常的な単語にさえ、ど忘れの真っ黒い影が伸びてきた。空はいつ暗黒となるのだろうか。恐ろしい思いがする。

　あ、持ってきましたと俺は出先で言ったのである。傘を、と言いたかった。しかしそれが出てこなかった。ワインのコルクが記憶の途中に詰まっている感じだった。周囲はまさか「傘」が出ないとは思っていない。**俺はごく自然に傘を開く手真似をした。**スタッフの一人が「ああ……」と言って、やはり手真似で応えた。**なんとなく発音しないほうが粋な感じになった。**どこがどう粋か、俺にはまるでわからなかったが助かった。

『犬神家の一族*』に関しては、俺も言いたいことがある。たまたま店の中でテレビを観ていたら白いパックをしてヒロインが出てくる場面があって、それがまるで『犬神家の一族』の「佐清(すけきよ)*」めいていたので、それをすかさず指摘して笑いを起こしたかったのだが、「佐清」が出なかった。二次候補の『犬神家の一族』さえ出なくなっていた。

しばらく無言で会話に参加せず、なんとか映画タイトルを思い出した俺は、そのとき本当は知り合いたちに急に説明がしたくなったのである。『犬神家の一族』と言うが、「家」ならもうすでに「一族」ではないのか。「一族」でない「家」の者なんかいるのか。そこ、重なっちゃってないのか。『犬神の一族』とか、『犬神家』で言うべきことは言い終えていないのか。

思い出しにくいことには必ずそれなりの理由がある。俺はそのことを今回、改めて痛感したのであった。

だからといって、「袖をまくる」を「むく」としか言えないのはアウトだ。

＊犬神家の一族
横溝正史の長編推理小説で、『金田一耕助』シリーズのひとつ。何度も映画化・テレビドラマ化されている。

＊佐清
犬神佐清。『犬神家の一族』の登場人物。戦争で顔に怪我を負い、ゴム製のマスクで顔を覆った姿で犬神家へ戻った。

てかり物～ハブ扱い

2016.07 ～ 2016.10

ハブ扱い

北斗の拳

2016/7/1

アルジャーノン

輝(褒)

てかり物

油の物

BBS

フェイスボール

トランプ氏

海街ダイアリー

(海にて)

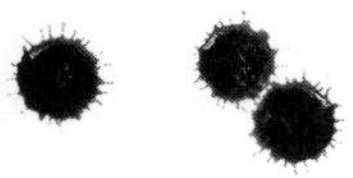

今回も相当にひどい。

近頃の傾向が激しくなり、ど忘れした言葉を書くどころか、間違えて出てきてしまった単語のほうを書き留めたりしている。ルールを忘れているのだ。

「てかり物」という書を見ていただいてもそれはわかる。これは明らかに「光り物」と書かれるべきであった。友人と寿司を食べる際に「光り物が好きだ」と俺は言いたかったのである。

それが言えなかった。忘れてしまった。そこで「その、つまり、しめさばね。それから当然コハダ。江戸らしいよね、やっぱり。そしてアジの握りもたまらない」とかなんとか、俺は言ったわけである。

そして一瞬、正解を思い出したと感じ、「てかり物」と発音した。**「俺は結局てかり物が好きなのかも」**と。これは一生の恥と言っていい。いくら光っている光り物でも、てかるところまではいっていない。そんなにてかるんだったら発電に応用すればいいじゃないか。むしろ、「てかり物」は家電コーナーにでも置いて、省エネ節約タイプとしてピチピチやっていてもらいたいものだ。

と、自分を責めている俺だけれども、なぜかこの『ど忘れ書道』のノートにはでかでかと「てかり物」のほうを書いた。そこまで俺は自分を傷つけたかったのであろう。嘲（あざけ）り笑い、唾（つば）を吐きかけ、目の前で土下座までしている自己にさらなる痛手を負わせる。そうしなければまた忘れるという恐怖があったのではないか。

ずいぶん経って、他のど忘れも様々に書にしたあと、「てかり物」のすぐ横に「**油の物**」と書いた俺がいる。なんだか「**忍びの者**」みたいな感じがある。だが実際は、これは単純に「油もの」のことで、コロッケとかトンカツとかの油分のことを俺は話していたのである。そこで語調として「油もの」では何かが違うと感じた。

そこで俺はとっさに「ああいう油の物は」と言い換えた。言い終えた途端、それも違うとわかった。「伊賀の者*」的な感じがあった。だがしかし、これはまあ一般的な表現として周囲に受け入れられ、話としてはコロッケとかトンカツから外れずに進んでいったのだった。

＊**伊賀の者**
伊賀忍者。伊賀の土地に伝わる忍びの術をあやつる人のこと。

そこで俺は自分の記憶力の欠陥を恨みつつ、ノートに「油の物」と間違いのほうを丁寧にしたためた。なぜ「てかり物」の横を俺が選んだかを賢明な読者諸氏はすでに言い当てることができよう。

俺は「光り物→てかり物」というあやまちに懲りていたのである。その自己嫌悪がむしろ「油もの」と発音したい自分をのちにさえぎった。失敗してはいけないぞ、という警戒警報が鳴ったのだ。そこで俺は素早く「油の物」と言った。何か曖昧な表現にすり替えた。

古傷が痛むあまり、他の筋肉を酷使して身体のバランスを失うに等しい行為が俺の中で起こったのである。言葉を扱う人間としてこれはむしろ致命傷であった。

深い傷を負った俺は、とうとう「フェイスブック*」を「フェイスボール」と言ってしまった。ベースボールが混じったのではないかと思う。確かに俺はフェイスブックにアメリカならではの社交好きをかぎとっており、アメリカと言えば野球という連想はあった。

それはともかく、ちょっとした打ち合わせの席であった。「いやいやフェイス……」

＊フェイスブック
世界最大のソーシャル・ネットワーキング・サービス。原則的に実名で登録し、メッセージ等を投稿する。投稿に対して別の利用者がコメントしたり、他の利用者に向けて転載したりすることで、情報を多くの人に伝えることができる。

と言い直そうとしたが、そのあとが出てこなかった。あわてて「フェイス」に対する知識を頭の中でフル動員したが、「顔」という単語が出たら最後、それがどこにつながるべきかわからなくなった。

しかし、引き返そうにもそこには「フェイスボール」が陣取っている。**「顔の球」**とはいったいなんであろうか。俺の脳裏にはすでに『フィールド・オブ・ドリームス』*のトウモロコシ畑の中央にある野球場がくっきりと浮かんでいた。そこに大きな顔が出現し、空でふらふら揺れた。完全に映画に引っ張られたのだ。

いつものように、これは周囲の人々の善意で「フェイスブック」と推測され、少し笑われただけで事無きを得たが、さらにまたその経験を家で書にするにあたって、俺は「フェイスブック」という正解を書くべきでないと思った。

それより自分のふがいなさ、情けなさ、記憶力のなさを表沙汰(おもてざた)にし、自己処罰を行いたくなったのである。それではっきりと「フェイスボール」という、野球の始めに審判が叫ぶような単語がしたためてある。

俺はまた「爽(そう)」というアイス*を、「輝」としか思い出せなかった。ある夏のひとときのことである。**あ、あの、輝きって字のアイス**、と俺は言った。アイス

＊**フィールド・オブ・ドリームス**
一九八九年公開のアメリカの映画。監督はフィル・アルデン・ロビンソン、主演はケビン・コスナー。野球を題材にしており、作中、トウモロコシ畑を切り開いた野球場が出てくる。

＊**「爽」というアイス**
ロッテが展開するアイスのブランド。バニラ味のほか、チョココーヒー味、純喫茶風プリン味などもある。

談義をしていた友人は首をかしげた。あるじゃん、輝きって字がフタの上に書いてあるアイスだよと俺は勢い込んだ。

最後にはコンビニに友人と出かけた。そこにあったのは爽やかの爽と書かれたアイスであった。なんだかもう間違うにしても雰囲気の範囲が広すぎる。さらに言えば、もし「爽」と書いておいても「輝」と書いておいても、もう一方の字を俺は確実に忘れると思った。だからこそ、両方を書としたのである。

「BBS*」はたびたびやらかす俺の間違いで、「BBC*」と言いたいのである。しかしイギリスの公共放送と個人たちの書き込みの場を間違えるのはまずい。信憑性(しんぴょう)が違いすぎる。そうした反省も含めて、ここにも間違いのほうが書かれている。おそらく俺はますますBBSの印象のほうを強くし、おかげでなかなかBBCを思い出せなくなるだろう。

最後に右端の「ハブ扱い」だが、これは何を間違えてこう言ったのだか、それすら思い出せない。

＊BBS
Bulletin Board System の略称。日本語では電子掲示板。ネットワーク上で、閲覧者がメッセージを書き込んだり、他の閲覧者の投稿を読んだりすることができるシステムのこと。

＊BBC
British Broadcasting Corporation の略称。日本語では英国放送協会で、イギリスの公共放送局のこと。

パンクブーブー（まいまいかぶり）〜
てるてる坊頭（主）（天気のやつ）

2016.11 〜 2017.02

パンクブーブー（まいまいかぶり）
2016/11〜
アンジャッシュ
穴（ラスコー）
西岡徳馬（たくま）
てるてる坊頭（主）（天気のやつ）
俺の目が白いうちは
ルービックキューブ

ミシマ社の口

実はいとうせいこうさんが出てくる本

『すごい論語』　安田登（著）

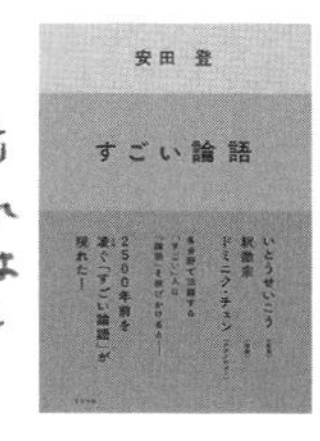

『論語』というと、かた苦しいイメージがあったり、安田先生自身も以前は敬して遠ざけていたそう。けれど、こんなに古く、長く読み継がれてきたということはやっぱり、そこには深い意味や理由があるのではないか？ いとうせいこうさん（音楽）、釈徹宗さん（宗教）、ドミニク・チェンさん（テクノロジー）と共に様々な角度から『論語』をひもといていきます。（¥1800＋税）

『現代の超克　本当の「読む」を取り戻す』
中島岳志　若松英輔　（著）

気鋭の政治哲学者と批評家が、近代の名著の数々を読み、対話を深めることで、現代日本が抱える様々な問題について捉え直す。柳宗悦、ガンディー、小林秀雄、福田恆存……未来は、過去を「読む」ことからはじまる。（¥1800＋税）

佐藤亜沙美さんブックデザイン

『どたん書道』も佐藤さんのデザイン！

『社長の「まわり」の仕事術』上阪徹（著）

世に経営者の成功体験をつづった本は数あれど、実際に手足を動かし、四苦八苦しながら彼らのビジョンを実現させている「まわり」の人々に、ムチャ振りへの対処法や、上司とのつき合い方など、仕事のすすめ方についてインタビューした一冊。ミシマ社とインプレスの共同レーベル「しごとのわ」シリーズより刊行。（¥1600＋税）

タイトル	著者	本体価格
クモのイト	中田兼介	1,800
絶対に死ぬ私たちがこれだけは知っておきたい健康の話　「寝る・食う・動く」を整える	若林理砂	1,600

ミシマ社通信

ミシマ

2020年7月号

Vol.92

こんにちは。毎度おなじみのミシマ社通信です。えんぴつ&手書き文字が定番スタイルのこのフリーペーパーですが、今回は『どん忘れ書道』をオマージュして、ちょっとだけ書道感強めでいきたいと思います！どうぞお楽しみ下さい～

カズ・レーサー〜ボルゾイ

2017.03 〜 2017.05

ケンペル（クナイプ）
カズ・レーサー
2017/3〜
サブウェイ
ボルゾイ
TK
（寺島・田中）
孫悟空（ドラゴンボール）
スティーブ・ジョブズ
※ダチョウ倶楽部
カミナリ（カラテカ）

カズ・レーザー*をカズ・レーサーと呼び間違えた時点で、もう俺はおじいさんの領域に入ったなと感じた。なんとなくあの赤い服がレーサーめいていたのだろう。しかしだからといって、テレビの世界にも居住している人間として、俺のこのうっかりは到底許されるものではない。もちろんスタジオとかでそう言ったのではないにせよ、失点は五〇〇点を超えていると考えていい。ただし、この連載がいつから失点制度になっていたのかは不明である。

さて、おそらく読者のみなさんは俺の書を見て「TK」の部分に心ひかれてしまっているだろう。そうだ。小室哲哉*さんの「TK」のことだ。あの偉大なる、時代を彩り続ける、そして人のよい小室さん。

がしかし、その名を俺はど忘れしてしまったのである。それで仕方なくその場は「TK」「TK」と呼んで済ませた。済ませながらもむろん俺は本名のほうを思い出そうとし続けたのだ。けれどもあわてた俺は「TK」というのが、英語読みの

＊カズ・レーザー
カズレーザー。お笑いコンビ、メイプル超合金のボケ担当。金髪と全身赤色の服がトレードマーク。クイズ番組などでも活躍している。

＊小室哲哉
元ミュージシャン、音楽プロデューサー。一九五八年生まれ。自身の音楽ユニットTM NETWORKとして活動したほか、一九九〇年代には、trf、globe、安室奈美恵などを次々と音楽プロデュースし、数々のミリオンセラーを生んだ。

順番でイニシャルになっていることに気づかなかった。ということは諸君、俺は小室哲哉という並びを思い出すべきときに、「T」を苗字だと思い違えてしまったのだ。

これではもう出ない。正解はすでに藪の中である。「T」の付く「小室」はあり得ないのだから。ぎりぎり「戸室」みたいなラインはあるかもしれないが、そこをかすったところで正解とは言えない。「戸室哲哉」ではむしろ思い出さないほうがましだ。

それでも俺は「寺島」が怪しいと粘ったのであった。なんだか「寺島」であるような気が一瞬した。だがもし「寺島」が「戸室」のように惜しいところをかすったのだとしても、そこで「T」を使ってしまえば一生「K」は出ない。

その事実は、代案として俺の頭をかすめた「田中」でも同じだ。ただし俺は自身「田中はないな」と思った。あるなら「寺島」だったのである。いや、それもないのだがしかし「田中」よりはよっぽどありだ。このとき、俺の脳裏にはココリコ田中*の高い背丈が浮かんでいた。**そのシルエットは絶対違っていた。**

こうして俺は「K」を考える暇もなく、絶望的な状態におちいっていた。「T」

＊ココリコ田中
お笑いコンビ、ココリコのボケ担当、田中直樹のこと。身長は一八一センチメートルある。相方のツッコミは遠藤章造。

が「寺島」か「田中」の選択肢しかないとは、我ながら不甲斐(ふがい)ないことであった。せめて「丹波」とか「田坂」とか、もうこうなったら「戸室」でも出てくるだけで御の字だったのかもしれない。

「ダチョウ倶楽部*」には頭に星が付いている。これまで数年続けてきたこの『ど忘れ書道』において、彼らの名前は数回ど忘れしているからである。寺門ジモンは忘れても思い出す。面白い男だ。さらに上島竜兵さんは同い年なのである。リーダーの肥後さんの名も忘れないし、なんなら元メンバーの南部虎弾(なんぶとらた)*の名前を出してもいい。古い知り合いだ。

なのに、なぜ「ダチョウ倶楽部」だけが出ないのか。みんなが「ダチョウ」「ダチョウ」と略して呼ぶ、その「ダチョウ」がむしろ俺から出にくいのである。

たぶん彼らにダチョウの要素がないからだろうと思う。例えばリーダー肥後さんがダチョウの首のかぶり物などを必ずしていたらどうか。これはもうグループ名に「ダチョウ」が入っていないわけがない。そこで俺は何はともあれ「ダチョウ」と思い出し、あとは複数メンバーであることから「倶楽部」を持ってくることが可能だ。

＊ダチョウ倶楽部
お笑いトリオ。メンバーは肥後克広、寺門ジモン、上島竜兵。「聞いてないよ」などのギャグが有名。

＊南部虎弾
ダチョウ倶楽部の元リーダー。現在は過激パフォーマンス集団「電撃ネットワーク」の一員。

あるいは同じ年の上島竜兵がダチョウの歩き方などして登場するお決まりがあったとしたら、ないしは寺門ジモンがダチョウの肉を主食としていたら、と今俺は自分のど忘れを他人のせいにすることにやっきになっているのだが、そういう「ダチョウ感」が俺のイメージの中にないことは確かで、それを言い出したら「**鳥感**」**さえない。**

「じゃあ俺がやるよ」「いや俺がやる」「なら俺だ」「じゃどうぞ」的なコンビネーションの中に、ほんの一瞬でもいい、ニワトリの首の動きでも入っていたら。さらに欲を言えば「コッコッコッ」などと鳴き声を出してくれていたら、俺はその「鳥ぶり」をテコにして彼らのグループ名をすかさず思い出せるにちがいないのだ。

いや、鳥からダチョウへの飛躍を確実にするのならば、やはりそうした「鳥感」の合間に巨大な卵の割れたやつを後ろからさっと出す、またはあの長いクチバシの感じを口でやる、独特の足の動きをやらかしてみせるなどの丁寧な示唆(しさ)はやはり欲しい。いただきたい。それでこその「ダチョウ倶楽部」ではないのか。

もうこの話はいいだろうか。次に行く。

「ボルゾイ*」のことも俺はど忘れした。あのアリクイ*みたいな口をした、足が長く

＊ボルゾイ
ロシア原産の大型の猟犬の一種。名前の由来はロシア語で俊敏を意味する単語「borzoi」。

＊アリクイ
中南米の森林・草原地帯に住むほ乳類で、アリやシロアリを食べることからアリクイと呼ばれる。細長い口と長い尾が特徴。

てひょろっとした犬のことである。俺はあの犬が長年妙に気になってならず、時々ふとあいつの形を思い出すのである。そして、ボルゾイ……と思う。口には出さないし、出す必要性もないので、結局ボルゾイを発音したことが一度もない俺は、ついにその四文字を忘れた。

　すると恐ろしいことに、思い出す手がかりがひとつもないのである。アリクイとか、U字の逆みたいな体型とか、高級犬とか、属性みたいなものはいくらか出てくる。しかしボルゾイというロシアのスパイみたいな名前が、鬱蒼(うっそう)とした森の中で霧状に漂っているばかりだ。いや霧状ですらない。考えようとすると脳が全面的に動きを止め、真空状態が訪れるのだ。

　カマイタチ*、と俺は考えた。けれどそれはまさに脳の中の真空からの連想で、しかも犬ではない。イタチである。ぐんと大きさが変わってしまったことも俺には残念すぎる過程であった。対象の動物をとらえようとする俺の野性がすっかり鈍(にぶ)ってしまったからであった。というかもともと俺の中の何かが完全な鈍りを見せていた。

　したがってこれに関してはわりとすぐに検索をした。しかし検索がまた難しかった。つい「アリクイ」とか「足が長い」とか「ひょろっとした」などと検索ワード

***カマイタチ**
風に乗ってきて、人を切りつけるとされている日本の妖怪。また、突然切り傷ができる現象のことも指す。

を入れた。答えは「アリクイ」であった。

結果「高級犬」の画像をひとつひとつ見ていって、ようやく俺は「ボルゾイ」という正解を得た。不思議なもので、何にもうれしくなかった。その感慨のなさはなぜ生じたのかと言えば、**別にボルゾイがボルゾイでなくても俺は少しも困らない**と思ったからである。

ダチョウ倶楽部でさえなければいい。

あるいはカズ・レーザーでなければ。

エナジー弁当〜千本針春菜

2017.06 〜 2017.09

エナジー弁当
ニコラ（ナダル）
ゆで豆腐（湯豆腐）
ATM
ムック（白）
ガチャピン
電撃ネットワーク
2017/6〜
エクササイズ
島崎俊郎
ヒップアップ
千本針春菜

オリジン弁当*がエナジー弁当になってしまった。これが単なるど忘れではなく、ど忘れした拍子に忘れた場所へ違う言葉がひょいっと入ってしまい、そうなるともうかなりの腕力なしに元の状態に戻せない。

そもそもオリジン弁当という名前がかなり独特だ。オリジナル弁当なら至って普通だが、そこにオリジンと来る。**起源の弁当なのか、弁当の起源か。**いやしかしそれならばどうあれ「**ジ・オリジン・オブ・弁当**」であろう。ゆえに解釈に迷う。なんというか頭が混乱してきて、何がなんだかわからなくなる。

最終、いろんな食材の起源が集まって弁当の様式をなしているような気がする。それでまあ話をまとめてくれないか、とすがるような思いになる。それ以上考えると恐ろしい迷路に深入りしてしまう予感がある。

おそらくこうした俺の苦手意識みたいなものがど忘れにつながった。それで「あ、思い出せないぞ、これは」と理解した瞬間、音の数が近くなおかつわかりやすい名

***オリジン弁当**
関東、関西地方を中心に展開する、持ち帰り弁当専門店。直前調理へのこだわりや、惣菜類の量り売りなどにより人気を博している。

前に飛びついた。それがエナジー弁当だ。そういう店舗であってくれていっこうにかまわないし、オリジン弁当の中にそういうセットがすでにあるかもしれず、だからこそ俺としては納得度一〇〇パーセントなのであった。

で、うすうす違うとわかっていても、エナジー弁当のハマりのよさに俺は勝てなくなっていたのである。オリジン弁当のオリジンに戻れないと言おうか。本来の名前を絶対に思い出せない自信が俺に湧いた。**そっちにエナジーが集中したと言ってもいい。**

この件に関しては、俺は近所のオリジン弁当の方角へ出かけて行って看板で確認をするまで、正解がわからなかった。もう脳内で処理するレベルを超えていたため、夜中にわざわざ出かけたのである。そういう意味でも、オリジン弁当が二十四時間営業であってくれてよかった。俺はけっこう遠くから真実を知ることができたのだから。

それを皮切りにというわけでもなかろうが、俺はあろうことか湯豆腐という言葉をど忘れし、とっさに「ゆで豆腐」と言ってしまった。まさか忘れるはずもない基礎的な単語を忘れたことに激しい動揺があり、何か口にしなければ再び正しい言葉に戻れないような不安に襲われたのである。それで、ゆで豆腐だ。今から思えばかなり惜しい。湯豆腐の意味をほぼ完全に代替しているわけだから。

というか、豆腐の実際の状態として湯豆腐はむしろゆで豆腐と呼ばれてしかるべき存在だ。でなければ、湯豆腐は湯の強調となり、おいしいのは湯みたいなことにもなりかねない。豆腐から汁が出ているとか、京都の水でゆでましたみたいな売りになる。そこへいくと、ゆで豆腐は思い切りがいい。**豆腐がある。ゆでた。終わり。**

それこそ湯豆腐のシンプルな美学というものではないのか。むろん湯に浮いているからこそ保温も効くわけだし、かけた醤油も微妙に薄まってうまさにつながるのだけれど、それを湯豆腐と言ってしまったら、普段の豆腐はまるで何かが足りないみたいになる。

ゆで豆腐は、そこが違う。単に調理の差異を指摘しているのだから。

まあ俺からは以上のような言い訳だが、正直このど忘れと言い間違いのミックスには自分でも驚いたし、ひどいと思った。脳の言語野に異変が起きている実感がひりひりとあり、こういうのを「症状」と言うのではないかと、そこはど忘れなく考えたのである。

続いて、「ムック」も「ガチャピン」も*忘れた。忘れたというか、それまでの人生においてなぜか俺はムックとかガチャピンとか発音する機会を逸していたのである。それが友人との会話の中で、「ほら、あのもじゃもじゃしたあれがさ」みたいな例示を必要とした。

だが、ムックもガチャピンも出てこない。固有名詞はこれが困るわけで、手がかりというものがない。その上、俺の頭には白いもじゃもじゃが浮かんできていた。白くなってしまえば、もう思い出すことは不可能だ。なぜなら彼らはまるで白いところのない連中なのだから。

しかもまことに弱ったことに、俺の貧しい脳の中には「**彼らが森に住んでいる**」という情報がチカチカときらめいた。「これは白くないかもしれない」と思ったのはその際である。彼らは緑色なのにちがいない、と俺は思った。今から考えればそこが瀬戸際であった。

けれど俺は、それこそ記憶の暗い森の中で間違った方向へ足を踏み出してしまった。「**どちらか一方の頭の上に木の芽がある**」というひらめきが来たからだ。

***「ムック」も「ガチャピン」も**
ムックとガチャピンは、フジテレビ系の子供向け番組『ひらけ！ポンキッキ』から生まれたキャラクター。ムックは赤色の雪男で、ガチャピンは緑色のドラビドサウルスという設定。

きわめて残念なことにそれはムック（ただし実際は名前を思い出していない）の頭上の竹とんぼみたいなやつのことだった。それを木の芽と考えてしまえば、俺が思い出そうとしているムックは、限りなくガチャピン（本当は名前を思い出していない）に近づく。そして取り返しのつかないことに、俺の海馬の内部でモリゾーとキッコロ*が怪しくうごめき始めたのである。

いや、そもそも〝彼らが森に住んでいる〟と考えたこと自体、モリゾー・キッコロのせいにちがいなかった。彼らは森の奥からひっそりと俺を見ていた。そして俺はこの二人組の緑色を、ガチャピンの緑と混同した。その上、ムックの頭に木の芽を生やかしてしまった。

ダメだった。これでは正しい状況に自らを置くことなどできないに決まっているのだ。ありとあらゆることが違っているのだから。

俺はもう泣きそうなくらい混乱した。それはそうだ。**赤いムックが緑色になってギザギザし、頭頂部から木の芽を出している。**もう一人のガチャピンはかろうじて緑色であるのだけれど、そのせいで限りなくモリゾー・キッコロに近づいており、さらに俺がモリゾー・キッコロの姿をまともに識別できないが

＊モリゾーとキッコロ
二〇〇五年に愛知県で開催された日本国際博覧会（通称、愛・地球博、愛知万博）の公式キャラクター。どちらも愛知県瀬戸市の海上の森に住む「森の精」という設定。緑色で大きいほうがモリゾーで、黄緑色の小さいほうがキッコロ。

ゆえに、なんだかこうもやもやした緑の霧みたいなものになっているのである。

そういうことで、わりと早いうちに俺がスマホで『ひらけ！ポンキッキ*』を検索したことを報告しておく。そうしなければ俺の頭は緑色に爆発してしまっただろうから、このあきらめの早さは自己防衛的なものであった。

ハリセンボンの春菜*を思い出したいのに、どうしてもコンビ名をど忘れしたままで、惜しいかな物体の形状だけをイメージできたために「千本針」と、戦時中の千人針みたいなことになったことも告白しておく。ここでも俺の頭は、ただし事実を思い出したあとで（何色かはともかく）爆発しそうになった。

＊ひらけ！ポンキッキ 一九七三年から一九九三年まで、フジテレビ系列で放送された子供向け番組。ムックとガチャピンといったキャラクターや、オリジナルソング『およげ！たいやきくん』などを世に送り出した。

＊ハリセンボンの春菜 ハリセンボンはお笑いコンビ名。ツッコミ担当の近藤春菜とボケ担当の箕輪はるかで二〇〇三年に結成。

スーパー松子～自写メ

2017.10 ～ 2018.02

サンプラザーズ
スーパー松子
自写メ
アルバトロス
ゼウス
（ライス）
なんとかオレンジ
（時計じかけの）
ポン菓子
（ひなあられ）
2017/10～

趣旨が変わった。完全に変わった。

もともとこれは、俺のど忘れを予防する、防止する、改善するために始めたことなのである。

だからど忘れした単語を思い出すたびに、高い集中力をもって書をしたためた。自分が何を忘れてしまったか、毎回自己に猛反省を促し、きちんと書いた。書くことで二度と忘れまじと誓った。

ところがど忘れは年々ひどくなる一方であった。ちっとも効果はなかった。しかも興味は「どう忘れたか」に移ることとなった。そしてちっとも思い出せない間に、どんな珍妙な単語が出てきていたかを書にしたためる機会が多くなった。

ついに今回、そっちが全部になっている。間違いのほうを「高い集中力をもって」書いちゃってるのだ。しかしそれをやめようとする自分がいない。俺は書きたいのだ、頭の中からひょいと出てきた言葉を。忘れているもののかわりに現れた、夢の中の言語めいたものを。

で、「スーパー松子」と書いた。一目瞭然だろうと思うが、マツコ・デラックス*が思い出せなかった。いつもそうだがゆゆしき事態である。しかしど忘れが起こった事実はいかんともしがたい。

なんか「大きい」感じの言葉が付いていたことはわかっていた。言うまでもなく、デラックスの部分である。そこに意識が向いた途端、そっちが頭のほうに付いていると決めつけてしまった。その向こうにうっすら「松子」という文字が見えた。最初から漢字になっていた。

この「松子」を何かしら大きくせねばならない、と俺は思った。

この場合、周囲に誰もいなかった。俺はただ一人、家のソファでマツコ・デラックスという文字をど忘れし、松子という二文字にすがっていろんな「大きくする」形容詞を考えねばならなくなった。

もしも正解のデラックスが出ていたとしても、俺は「デラックス松子」と呼んでいたはずである。そして何かが釈然としないまま、その案を捨てていたのではないか。むしろ、ゴージャス松子とか、ビッグ松子などというちょっとビッグダディ的

＊マツコ・デラックス
タレント、コラムニスト。一九七二年生まれ。毒舌が人気で、多数のテレビ番組にレギュラー出演している。

な試案のほうがしっくり来ていた。

　物事を大きくするための言葉には他にグレートなどもあった。しかしさすがにグレート義太夫（ぎだゆう）*、グレート・ムタ*が陣地を張っている。それならユニバーサルはどうだろう。だが、ユニバーサル松子となると、どこかしらの地方都市「松子」があって、その街に拠点を置いた光学機器の工場みたいな感覚のほうが強かった。脳裏に浮かんでいるあのマツコとはイメージが違いすぎた。

　というわけで、ついさっき「デラックスという正解が出てもわからなかったろう」と俺が書いたとき、まさかそれはないと思った方も今なら理解できるのではないか。人の想像が「ユニバーサル松子」まで行けば、それはもう未来的なビルまでを思わせるのであり、「松子」の街並みが見え始め、「小松空港」が頭の中に混じり込むと、**「松子空港」も夢ではない。**城下町・松子。名君・松子重房などがごくごく自然に出てくる。そこはチェーンのスーパーマーケット、スーパー松子の本拠地でもあろう。

　だがしかし、それらありもしない土地は一瞬にして消えた。俺がまことに不意に松子が下でなくて上で、つまりは外国人的な設定なのだと思い出したからだ。

***グレート義太夫**
お笑いタレント、ミュージシャン。一九五八年生まれ。「たけし軍団」のメンバー。

***グレート・ムタ**
プロレスラーの武藤敬司が扮する忍者をモチーフにしたペイントレスラー。漢字表記は愚零闘武多。

さらば松子。名産品は金柑と紬、そして偉大な儒学者・大磯柿三郎を生んだ北陸文化の中心、少し寂しい曇りがちの街よ。グッバイ。

さて、なんだか知らず日本海側のニュアンスに浸っていた俺だが、個人的には芸人コンビのライス*を思い出そうとして「ゼウス」ばかりが浮かんだ事実の前ではちょっと背筋が凍る。俺の脳みそはどういう練れ具合になっているのか。

芸人コンビ、ゼウス。二人とも白い布をまとっていそうだ。以前別のコンビが神々のコントをやっていたが、そことの確執はないだろうかと俺は心配になりつつ、しかししっくりこないことには気づいていた。

それにしてもライスだなんて、なんと普通の言葉を選んだのだ、あの青年二人は。これは「鉛筆」とか、「スリッパ」とか、「ソース」とかいうのと同じだ。直球である。それもかなりスピードの遅い直球だ。だから俺は思い出せなかったのだ。でもって、かなり盛った名前にした。**ゼウス。むしろこっちのほうがよくはないか。**ヒゲくらい生やしてほしい。

なお「サンプラザーズ」は、爆風スランプ*のことである。俺はこのバンドが早稲田だったかで結成された頃に同じキャンパスにいた。爆風銃とスーパースランプと

*ライス
お笑いコンビ。高校時代の同級生、ボケ担当の関町知弘と、ツッコミ担当の田所仁が二〇〇三年に結成。

*爆風スランプ
一九八二年に結成されたロックバンド。一九九九年に活動休止。リードボーカルはサンプラザ中野（現在はサンプラザ中野くんとして活動）。

いう有名なバンドふたつが合体して爆風スランプになったと記憶する。そして学園祭のエンディングか何かに出てきたようにも思う。違うかもしれない。

なのに、それから三十有余年。俺は彼らの名をリードボーカルからだけ推測してしまった。ああ、青春は遠い。

あと、「アルバトロス」はバンドのアレキサンドロス*のことだ。俺はもう年だ。

青春と言えば、懐かしの映画『時計じかけのオレンジ*』を俺は忘れた。そしていきなり「オレンジ」から思い出そうとし、ジュースの連想から「なんとかオレンジ」と断じてしまった。なんのオレンジだったたっけなと、そこから入ればいつもの通りもう袋小路だ。頭の中にオレンジジュースが浮かんでいると、まさか正解が固体だとは毛頭思わない。なんだ、時計じかけの果物とは。まったくもって素晴らしい想像力だ。

「自写メ」とは、俺がなんとか考え出した「自撮り（じどり）」の言い替えである。先回りしてメールまでしてしまった。

＊アレキサンドロス
二〇〇一年に結成された日本のロックバンド。二〇一四年まではシャンペインというバンド名で活動していた。

＊時計じかけのオレンジ
一九七一年に公開された映画で、監督はスタンリー・キューブリック。原作はアンソニー・バージェスの同名の小説。

プリンス大統領〜タッパー

2018.03 〜 2018.06

タッパー
コメヤ珈琲
プリンス大統領
2018/3〜
ゴロー
なんとかの天使
（ロマンスの神様）
グループ魂

「プリンス大統領」という文字が目に飛び込んでは来ないだろうか。読めばたちまちあのミネアポリスの奇跡、あらゆる音楽をごった煮にできた男、プリンス*の尊称だと思うにちがいない。

だが、これは『ど忘れ書道』なのである。まともな常識でとらえるわけにはいかない。と、他人事のように言ってるわけだが、これは俺の本当のど忘れである。現アメリカ大統領、あの人の名前を俺は忘れてしまったのだ。

果たしてそんなことが現代人にあり得るだろうか。あの黄色い髪を逆なでにした青い背広で赤ネクタイの男、世界をその反知性で崩壊に導きかねないパワー政治の申し子、本当の名をトランプ*というあの奇妙キテレツな人物の名を、私はすっかり忘れ、しかもついにはプリンス大統領と言ってしまったのである。

四文字だろうことは予想がついた。なんとなく体感みたいなものである。三文字ならオバマになる。二文字ならアベだ。人の記憶はそういうふうに多方面か

***プリンス**
アメリカのミュージシャン。一九五八年生まれ、二〇一六年没。一九七八年にデビュー。様々なジャンルの音楽を自在に取り込んだスタイルで、数多くのヒット曲を生み出したカリスマ的な存在。

***トランプ**
ドナルド・トランプ。二〇一七年一月に就任した四五代目のアメリカ合衆国大統領。もともとは、ホテルやカジノを運営する会社の経営者。自国の利益を最優先し、文化的な多様性に対して非寛容な政治姿勢で知られる。

ら構成されている。

で、四文字。四文字であれば何が妥当か。幸いなことにこれは家の中で起こったど忘れであった。私はソファに座り、観るともなくテレビを観ながら、自分の中に起きた記憶の崩落現象に焦りを覚えていた。それはそうだ。子供でも言える名前を、俺だけが言えないのである。

そして、**四文字の中に俺は破裂音があるという感触を確からしいものとした。**なんかパとかプとかがある。パプアニューギニア*的な、ビビンパップ*みたいな、しかしそれよりは少し都会風のイメージのある四文字とすれば……と考えて俺はもうすがるような思いでプリンスとつぶやいた。プリンス大統領、と。

一度これが出てしまうと、いつもの現象でいつまでもプリンスが邪魔をした。プリンス大統領がとてもいい響きなのである。王子の気品と、あの今は亡き天才ミュージシャンのいかがわしさがきわめて魅力的なのだ。

だが俺は自分がたどりついた結論が間違えていることにもいち早く気づいていた。なんかピクサー*作品でもできそうなプリンス大統領が現実の救いになる状況であり、正解がもっと悲惨だということを俺は知っていた。

＊パプアニューギニア
パプアニューギニア独立国。オーストラリアの北側にあり、多くの島々で成り立つ。

＊ビビンパップ
韓国料理のひとつで「ビビンバ」と表記されることも多い。韓国語でビビン＝混ぜる、パプ＝飯の意味。

＊ピクサー
ピクサー・アニメーション・スタジオは、アメリカの映像制作会社。ウォルト・ディズニー・スタジオの傘下にあり、『トイ・ストーリー』シリーズなどCGを用いたアニメーション制作を得意とする。

ということで三十分は苦しんだのちに、俺は「不動産王」という肩書きを思い出し、その途端にトランプという四文字を思い出したのである。これは思えば罠（わな）のような答えであった。俺はドナルド・トランプを思うとき、頭にあのカードとしてのトランプが浮かんでいない。そしてトランプと言えば、自分にとってはあの合計五二枚（ジョーカーを除く）のカードに間違いないのである。

　これは「コメヤ珈琲」にも若干言えることだ。むろん今なら正解がコメダであることに疑いはないのだが、いったんど忘れの沼に足をとられてしまえば、むしろ一般的には「米屋」のほうが通りがいい。少なくとも関東地方在住の俺にとっては、コメダ珈琲*はきわめて最近知った店であり、いかにノワール*が甘くておいしかろうが、ふとど忘れすれば「米屋」という似た響きが先行して思い出され、そして一度フタのような機能を獲得するや、二度とそれが外れてくれないのである。それでコメヤ珈琲みたいなことになる。

　今回はまた、広瀬香美さんの『ロマンスの神様*』を思い出そうとして果たせず、ぎりぎり「ほら、なんとかの天使の」と周囲の若い者に言ってしまった。「なんとかの天使」とくれば俺の年代ではもう絶対に『傷だらけの天使*』である。しかし若

＊コメダ珈琲
愛知県名古屋市で一九六八年に創業し、現在では全国に店舗がある喫茶店チェーン。

＊ノワール
ここでは、コメダ珈琲の人気メニュー「シロノワール」を指す。デニッシュパンの上にソフトクリームがのっている。

＊ロマンスの神様
広瀬香美が作詞・作曲して自ら歌い、一九九三年にリリースされた曲。スキー用品店の「アルペン」のCMソングとなったことをきっかけに大ヒットした。

＊傷だらけの天使
日本テレビ系列で一九七四年十月～一九七五年三月に放送された探偵ドラマ。萩原健一が演じる木暮修と、水谷豊が演じる乾亨（いぬいあきら）という二人の若者が主人公で、彼らのファッションなどが、当時の若者に大きな影響を与えた。

い者には「天使のブラ」*であったようだ。それではちっとも正解にたどりつかない。混ぜ合わさって**「傷だらけのブラ」**になるのが関の山だ。

ともかく、今から考えれば、俺はポップスの題名に「神」が出てくることを予想し得なかったようである。それで人口に膾炙(かいしゃ)しやすい天使のほうを取った。仏教世界で言えば阿弥陀や釈迦の話はご法度(はっと)で、四天王*とか不動明王あたりをいじるみたいなことである。であれば**「ロマンスの毘沙門天(びしゃもんてん)」**というような間違いから正解を詰めていけたろうが、その日の俺はそこまで客観的ではなかった。

読者諸氏ならば同じ状況下で、ひょっとすると「ロマンスの天使」くらいまではいけたかもしれない。だが俺はさっぱりであった。そもそもスキーもしないし、デートというこまっしゃくれた行事も苦手だった俺は、結論「なんとかの天使」のまま数日を過ごし、やがてネットで広瀬香美さんの名前とかヒット曲の本当の名称を知った。そして知ったことによるカタルシスはまったく俺になかった。

さて、ゴローというのは信じられないことだろうが稲垣吾郎*氏のことである。ワールドカップの試合の合間にテレビを観ていたら、稲垣氏の番組が流れていた。話が面白くなりそうだったのでチャンネルをそのままにしておくと、画面右上に「ゴ

＊天使のブラ
Triumphが展開するブラジャーのシリーズ名。

＊四天王
仏門における守護神で、持国天、増長天、広目天、多聞天の四神を指す。

＊稲垣吾郎
アイドルグループSMAPの元メンバー。一九七三年生まれ。現在は「新しい地図」のメンバーとして活動中。

ロウが驚く」みたいな文字が出てきた。

それですぐに「何のゴロウ」だったかな、と思った俺はその瞬間、上方落語の「露の五郎兵衛*」を衝撃的な感覚で思い出した。どういう芸風かも知らない、顔もわからない。ともかく子供の頃から不思議な名前だなと思っていた人の、その名前だけのインパクトが甦ったのであった。露とは何か。五郎兵衛とは誰か。

そういうことで、俺は画面からは稲垣吾郎の顔、頭の奥からは「露の五郎兵衛」という文字もしくは音に責め立てられ、そのまま稲垣吾郎の苗字部分を思い出せなくなっていたのである。つまり稲垣氏を観ながら「露の吾郎兵衛」を当てはめようとしていたのだ。これは困難な印象操作であった。わけがわからなくなった。

それでわけのわからないまま、スケッチブックに「ゴロー」と書いた。**もう「ゴロウ」でさえなかった。**いったい俺は何をどうしたかったのだろうか。

こんな俺であるから、「タッパー」とか、「グループ魂*」をど忘れするなど序の口である。タッパーはそもそもなぜタッパーなのか*。タップするものとなると、俺の脳みそにはもうあの靴を鳴らすタップ、あるいは電気を口から取る紐（ひも）つきのアレ、ないしは音をサンプリングして叩いて操作すること以外に浮かばない。空気が触れ

＊露の五郎兵衛
上方落語の名跡。初代は江戸時代前期の落語家で、上方落語の祖とされる。二代目は一九三二年生まれ、二〇〇九年没の落語家、本名明田川一郎。

＊グループ魂
一九九五年に結成されたロックバンド。メンバーに宮藤官九郎、阿部サダヲなどがいる。バンド内ではそれぞれ別名を持つ。

＊なぜタッパーなのか
アメリカのタッパーウェア社の製品として商標登録されており、その名は同社の創始者アール・サイラス・タッパーに由来している。

ないように包むとか、半透明の物といった意味さえあれば俺も思い出せるのだが……。
真ん中の空白は、何か書こうとして忘れたからこそ生まれた。ど忘れの美だ。

看板娘〜しも焼け（駅弁）

2018.06 〜 2018.09

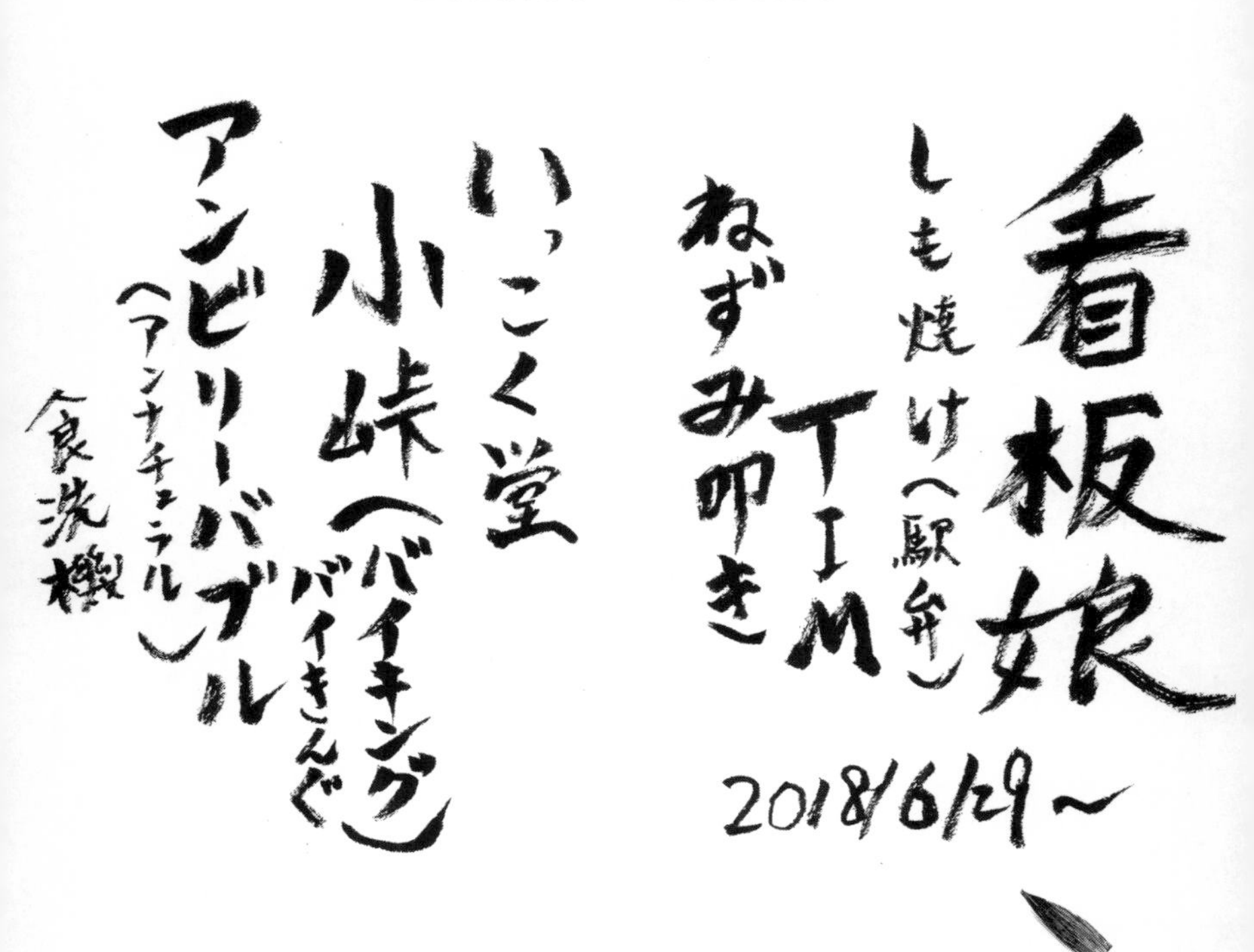

「看板娘」と堂々と書いてある。

スケッチブックから飛び出さんばかりの勢いである。強く誇らしげに書かれたこの言葉を俺はど忘れした。

お店の名物になるくらいチャーミングだと言いたかったのである。もちろんお店に招かれた際にだ。洋服屋さんである。それでうまいこと女性を誉めたかった。だがしかし、容姿だけ誉めるのは蔑視（べっし）だと思った。能力でもって彼女は選ばれているのだろうから。

そこでぎりぎり「看板娘」と言ってごまかしたかった。いやごまかしではない。俺はなんにせよ、ポジティブな言葉を掛けたかったわけだ。

しかし出てこない。窓のあたりから顔が見える娘が脳裏をよぎった。江戸時代だろう。団子か何か出す茶屋にちがいなかった。当時はランキング社会だから、当然その娘も気になる子番付で東の小結（こむすび）＊くらいにはなっている。

＊**小結**
大相撲の番付で、横綱から数えて第四位の地位のこと。

そういった状況だけははっきりとわかるのだが、いかんせんネーミングが闇の中だった。

窓娘。これでは何か娼婦の匂いがする。そういうことではないのだ、俺が言いたいのは。そこで彼女がお盆の上にのせているものをあらわせば、これは**団子娘**になる。が、これもダメだ。花より団子というくらいなのだ。花娘くらいのことでないと困る。

あとから考えてみれば、このぼんやりした映像イメージでは正解にたどりつけるはずがない。娘は看板同様なのだから。そうなると娘は店の外に出ていて、入り口の上に掛けられていたり、横に吊るされていたりしなければならない。少なくとも窓の奥になんかいないのである。それじゃ看板が見えない。

そういうわけで、これは比喩のトリックに引っかかったようなものであった。今後は窓娘、花娘のような誉め言葉にしてほしい。

さて、大きさでは「小峠*」も相当だ。バイきんぐがグループ名であり、決して「バイキング」ではない。そこも俺はあやふやにしていた。だがいくら忘れっぽくても小峠を忘れてはアウトだろう。そもそもこれほどインパクトのある苗字もない。

＊小峠
小峠英二。一九九六年に結成されたお笑いコンビ「バイきんぐ」のツッコミ担当。相方は西村瑞樹。

ではなぜあのツルツル頭から肝心の小峠が出てこなかったのか。小峠という峠のありようを俺が知らなかったからである。ないしはその実態への理解をおざなりにしてきたからだ。**峠が小さいとはどんな感じだろう。**人が一人通れるかどうかという道が頂上についていて、ウサギや野バトみたいなやつがうろうろしているのではないか。実に慎（つつ）ましやかでほほ笑ましい。そのほほ笑ましさが実際の小峠の芸風と違った。人のよさ的な部分では確かに小峠は小峠なのだけれど、しかしキャラの打ち出しとしては違う。

当然のことながら、ツルツル頭に一本の小道がついていれば、我々はなんなく彼を小峠と呼ぶだろうし、ましてウサギやら野バトやらを乗せていればなおさらだ。しかし彼自身のキャラはもう少しギラギラしているし、ツッコミとして苛立ってもいる。**せめて中峠くらいの名前であれば、すべてがわかりやすいのではないか。**余計なお世話だ。

横に「いっこく堂*」とも書いてある。この名前は過去にも数度書道した記憶がある。どうしても顔のイメージが強くて、あの天才腹話術師が堂の付く名前だということを見失うのだと思う。顔と名前とふたつのパンチがあると、我々はどちらか一

＊いっこく堂
腹話術師。本名は玉城一石（たまきいっこく）、沖縄出身、一九六三年生まれ。二体の人形を同時に操る技術や、ものまねを取り入れた腹話術で注目を集める。

発やられたほうばかり覚える。俺の場合はいっこく堂の顔の濃さにパンチをくらい、喜屋武（きゃん）とか渡嘉敷（とかしき）とか沖縄の実名らしきものを記憶の前面に立たせたくなる。

　実際、今回は友人みうらじゅんが「あの人誰だっけ？」と言い出したのであった。楽屋でだったから、俺とみうらさんのマネージャーも一人ずついて、都合四人が名前を思い出し損ねた。そしてやっぱり喜屋武とか渡嘉敷とか具志堅（ぐしけん）とか言った。もうこうなれば、いっこくという名前でもいいのである。いかにも個人名らしい名前であればスルっと出る。

　そこに堂が付くとなると、中川家*とか男闘呼組（おとこぐみ）*とかそういう集団でないと混乱する。いっそ劇団ひとり*と言ってくれれば、ああ普通複数の劇団をひとりでやっているのだな、と海馬も落ち着いて事にあたるだろう。ところが人形を複数、確かに出すのである。それが動かしている本人も入れた集団を名乗るとなると、何か論理の秩序が崩れすぎる。本人はもちろんのことそこを狙っているのだが、これはなかなか難しい事態である。

　さて、俺は家庭内でもぐら叩きを「ねずみ叩き」と言ってやまなかった。ほら、あれあれと言いながら手まで動かした。ゲームセンターでやっているつもりなので

＊中川家
ボケ担当の兄・剛（つよし）とツッコミ担当の弟・礼二による兄弟漫才コンビ。一九九二年に結成。

＊男闘呼組
ジャニーズ事務所からデビューしたロックバンド。一九八五年にデビュー、一九九三年に活動休止。

＊劇団ひとり
お笑いタレント。一九七七年生まれ。二〇〇六年には『陰日向に咲く』で小説家デビューもしている。

あった。で、叩いている相手は穴からちょろちょろ出てくるねずみに他ならなかった。それは俺が都市生活者だからである。出てきて困るのはねずみであって、土の下を走り回るもぐらではない。それでどうしてももぐら叩きという言葉が出てこなかったのである。

文明の変化とでも言おうか。叩くべきはもぐらであり、ねずみなどはもっぱら猫にまかせておこうという理性が我々にはもうない。だいたい猫がだらしないではないか。家でがたがた音がすれば尻尾を巻いて逃げかねない。そこで薬を撒(ま)いておいたりする。殺鼠剤(さっそざい)という名前さえ恐ろしい。魚を切って食っているくせに。それでねずみの頭をおもちゃのハンマーで叩いてキャーキャー言っている。それが要するに俺たち都市生活者の成れの果てだ。けっ、放っておいてくれ。と支離滅裂(しりめつれつ)だ。

「アンビリーバブル」はそれ自体なんの問題もない。ただそれがドラマ『アンナチュラル』*を例に出そうとして出てきたとなると大問題だ。**バラエティなのかドラマなのか**という業界的な疑問もそうだが、なんでもアンをつければ正解に近づくだろうという了見が甘い。俺は人前で『アンナチュラル』と言いたかった。観て

***アンナチュラル**
TBS系列で二〇一八年一月～三月に放送されたドラマ。脚本は野木亜紀子、主演は石原さとみ。米津玄師によるエンディング曲『Lemon』は大ヒットとなった。

もいないのに世相を断るつもりで少しは今どきのことを言わねばと焦ったのである。しかし出てきたのはアンビリーバブルだから、年季の入ったバラエティのことを言っているように見えてしまった。もうそうなったらアンジャッシュも入れてやったらどうか。どうか、と自分に言っている俺も俺だ。

今回最後に書いておきたいのは、「しも焼け」である。カッコの中にある駅弁を示そうと思って、なぜかしも焼けと言っている俺は病的である。ただ脳のＭＲＩも近頃撮ったのである。器質的にはまことにきちんとした脳であった。にもかかわらず、しも焼けを駅弁と言う。いやいや駅弁をしも焼けと言う。これはもう笑っていられない状態だ。だが逆に笑っていないとやってられないとも言える。

俺はどういうことになっているのだろう。

ぱぴぷぺぽーぽ〜だったん茶
（ぼんぼん）

2018.10 〜 2019.01

だったん茶（ぼんぼん）
えのきし
耳なし芳一
ハロウィン
ユーロスペース
特許
ムーディー勝山
ぱぴぷぺぽーぽ
ユーグレナ

お待たせしております。『ど忘れ書道』です。忘れていたらそれでOK。と今さらキャッチフレーズというか、オープニングの決まり文句みたいなものを作っていますが、もちろんただの気まぐれ。

なぜなら次号になったらすべて忘れてしまっているからで、前号のことも覚えていないからこそ、こんな仕様になっているのである。

さて、初めに画面左の「ぱぴぷぺぽーぽ*」について言い訳を述べたい。

これはど忘れした対象ではなく、思い出せずについ口にしてしまったほうの七文字である。

実際俺は『ポプテピピック*』と言いたかったのであった。あのぶっ飛んだアニメである。中では昔からよく知っているAC部*が「ボブネミミッミ*」というコーナーも持っていた。

それで一応観たりしていたのである。面白がっていたのである。笑ったり、なん

*ぱぴぷぺぽーぽ
実際には書道では「ぱぴぷぺほーぽ」と書かれている。

*ポプテピピック
大川ぶくぶによる四コマ漫画。ブラックユーモアや風刺ギャグを特徴とし、SNSを中心に人気となっている。テレビアニメ化もされた。

*AC部
安達亨（とおる）、板倉俊介、安藤真の三名が一九九九年に結成したユニット。テレビ番組などを制作する。

*ボブネミミッミ
ポプテピピックの中のコーナーで、AC部が制作しており、原作とは異なる絵柄が登場する。

だか分析してみたりしていたのだ。

それがいつものごとく忘れてしまった。で、人前で「なんか出てくるかな」と思い切って発音してみると「ぱぴぷぺぽーぽ」だった。

なんか『ボボボーボ・ボーボボ』*が混ざっていた。こちらは『ジャンプ』でやってたギャグ漫画である。しかし事実リスペクトはあるだろう。**大きく言って、大変大きく言って、同じ系統の名前だ。**

しかしもちろん俺だって『ボボボーボ・ボーボボ』が一文字の繰り返しであることくらいわかっていた。それで「ぱぴぷぺぽーぽ」だった。「ぱ行」の多さという点ではほとんど同一、もっと言えばまったく同じと考えてもいい。

じつはその数日前、俺は公開鼎談（ていだん）みたいなものを青山ブックセンターでやっていた。もともとは俺の主治医である精神科医の星野概念くんと二人で話し合って作った本『ラブという薬』*のロングセラー記念トークであった。

そもそも「ロングセラー記念」でトークをやってること自体おかしいのだが、やってみたらお客はわんさか来るし、「またやりたい」とその場で言ったら盛り上がったのである。それで二回、三回と回を重ね、ついには簡易なジンを作って売りさ

＊ボボボーボ・ボーボボ
澤井啓夫によるギャグ漫画。二〇〇一年の連載開始から人気が続き、アニメ化、ゲーム化もされている。

＊ラブという薬
著者と精神科の主治医・星野概念の対談集。二〇一八年二月にリトル・モアから刊行。

ばくという暴挙に出た。

原稿やらイラストめいたものを書くのは星野くんと俺と、それから編集をやってるトミヤマユキコだ。それに加えて客が好きにやる。青山ブックセンター内にオンボロな段ボール箱を置いて、そこで投稿を待っているのである。

ま、それはともかく、イベントの場で俺はどうしても「ヒャダイン*」を例に出したかった。『久保みねヒャダこじらせナイト*』がとてもいいなあと思っていたからだ（ちなみに番組名は今検索した）。

しかしヒャダインが出てこない。まるで出てこないし、ヒントもなさそうだと判断した俺は、何か似た傾向の言葉を思いついた。

えー、思いついた、のだが、それをまた忘れてしまった。例を出すためのエピソードを引っ張って引っ張って、肝心な部分をまるで覚えていない。

ひょっとこ、みたいな感じだったか。

あ、すっとんきょうだ！　そうそう、俺は「すっとんきょう、みたいな、ほら、いい曲を書く若い人、いるでしょ？」と言ったのである。

「**作詞作曲　すっとんきょう**」

***ヒャダイン**
前山田健一。ミュージシャン、音楽プロデューサー。歌手やタレントとして活動する際は「ヒャダイン」という名前を使っている。

***久保みねヒャダこじらせナイト**
フジテレビ系列で放送されているバラエティ番組。漫画家の久保ミツロウ、エッセイストの能町みね子、ヒャダインの三名がトークをする。

そういう具合になるだろうか。岡崎体育*がいるんだから、さほど不自然とも言えまい。だが、現場のお客たちの頭の上に疑問符が大量に発生した。

そこで俺はもうひとつ絶妙な例を挙げたのであるが、もちろん思い出せない。

「ひょっとこ」

だったかもしれない。

「作詞作曲　ひょっとこ」

これでは村祭りではないか。陽気な笛の音が聞こえてくるようだが、ともかくそんなようなこと*を言ったら、客のうちの何人かが同時に「ヒャダイン！」と言ったのである。

すっとんきょう＋ひょっとこ＝ヒャダイン、という数式でこのエピソード全体をあらわしてみようか。

ともかく、俺がここで言いたいのは「なんとなく似た音」を言っておくと、人にはわかるという驚愕（きょうがく）の事実である。

で、話は大きく戻る。

「ぱぴぷぺぽーぽ、という面白いアニメ」

＊岡崎体育
京都在住の男性ソロプロジェクト。一九八九年生まれ。シンガーソングライターの活動に加え、ドラマや映画の出演などもしている。

＊そんなようなこと
このトークが収録されている書籍『自由というサプリ』（リトル・モア）によると、実際は「すっとんきょう」でも「ひょっとこ」でもなく、「ぬらりひょん」と「あいみょん」だった。

そう言った俺は相当にダメな人間だが、しかし相手は「ああ、ポプテピピックですか？」と答えたのである。

まったく神ではないのか。

そんなことが伝わるだなんて！

こういう奇跡が人生を豊かにするのだ。

「ぱ行」さえ言っときゃ『ポプテピピック』は伝わるのである。

もう俺は「ぱぱぱーぱ・ぱーぱぱ」と言ってもよかったのかもしれない。

それでも相手はすかさず「ああ、ポプテピピックですか？」と答えたのではないだろうか。


なんなら「ぱ」だけでも。


いやいや、それはいくらなんでも短かすぎるから「いいですか、アニメの名前ですよ。『ぱ』……はい！」くらいのヒント付きでどうだろう。十分に行けたのではないか。

さて、気づいてみれば字数がほとんど尽きている。

ま、その分だけ大事なことは書き得た気がしているが、せめて「だったん茶*」を

***だったん茶**
ダッタンソバの実を煎(い)って作られたそば茶で、様々な薬効が注目されている。

言いたいあまり「ぼんぼん」と口走った事実は加えておきたい。「ん」さえ合ってりゃという気持ちだけれど、これは伝わらなかった。

ホルモン漬け〜ボールがどんどん動くやつ

2019.02 〜 2019.05

ホルモン漬け
ロカボ↓ボカロ
石○さとみ
かっぽう着
ボールがどんどん動くやつ
はかま
インスタ映え
コンマリ

いぜん俺の記憶障害的なものは治癒していない。いないどころかご覧の通り悪化しており、日常生活を送る上でもとくに他人と話す折に自分が言いたいことを思い出せず、それをごまかすために文脈自体を適当に変えてしまわざるを得ず、なんだか相手を煙（けむ）に巻いているような具合になることが多い。

他人はまさかと思っているから、こういうときの俺の苦しみに気づかない。話の途中で目をつぶったり眉をしかめたりするのは「考えているからだ」と思ってくれる。もちろん考えてはいるのだが、それは主題を深く掘り下げるためでなく、ちょっとした実例の固有名詞がなんであったか思い出しているのである。

ノートの右端を見てほしい。「ホルモン漬け」と書いてある。もちろんこれは「ホルマリン漬け*」が思い出せなかったときの、逆にさかんに思い出された言葉である。あと一歩でホルマリンというときに、**脳にはすさまじい勢いで「ホルモン」のほうが出る。**直接、物質として出るみたいな文章にも見えるが、そ

＊ホルマリン漬け
生体やその組織片を、ホルムアルデヒドの水溶液であるホルマリンに漬けたもの。生物標本などに多く用いられる。

う解釈していただいても差し支えないくらい、俺は「ホルマリン漬け」が思い出せなかった。そこにはもうひとつ、「ホルモン漬け」というものがどこかおいしそうであり、あってしかるべきメニューに思われたからだろう。

「石〇さとみ*」もひどい。そこまで思い出しているなら、あとは「原」だけだ。そして「原」以外にない。にもかかわらず、俺は「ほら、あの、石、石、石なんとかさとみ」と、あの魅力的な女性の名前を失念したままその場で立ち尽くしたのである。むろんこの場合、相手は家族だったから正解をわかっていてわざと教えない。おじいちゃんのリハビリみたいな感じで、「はいはい、あとひとことですよー」的な看護師さん風の見守り方をしてくる。

それでこっちはかえって焦るというか、俺はまだおじいちゃんじゃないんだぞ！という感情のたかぶりを覚え、それで一層「石〇さとみ」の「〇」のところがわからなくなる。難しい苗字でないことは、おじいちゃんも理解しているのである。だがそこで「石倉」などが出る。「石倉」が出てしまえば「三郎*」しかなくなる。「石川」なども当然初期段階で出た。これが上の句とすると、**下の句は「さゆり*」や「遼*」と分岐してくる。**「石倉」が「三郎」一本で進んでいくのとは事情

＊石〇さとみ
石原さとみのこと。女優。一九八六年生まれ。NHKの連続テレビ小説『てるてる家族』のヒロインに抜擢。以降、ドラマで活躍するほか、舞台や映画にも多数出演している。

＊三郎
石倉三郎。俳優、コメディアン。『下町ロケット』など多数のドラマに出演。

＊さゆり
石川さゆり。演歌歌手。一九五八年生まれ。代表曲に『津軽海峡・冬景色』や『天城越え』などがある。

＊遼
石川遼。プロゴルファー。一九九一年生まれ。男子ツアー世界最年少優勝、日本での最年少賞金王の記録を持つ。

が違う。したがって「石川さとみ」というのもありなんじゃないかと、脳がぼんやりしてくる。いや実際いらしたはずだがどんな人だったろうなどと、俺の思考はまたぼーっとしてきたものである。

そもそもこの連載では、ど忘れした単語を思い出したのちに筆でしっかり書く約束なのだが、すいぶん前から間違いのほうを書いたりするようになり、とうとう今回などは思い出せなかったまんま、そこは「〇」を当てはめるようになっている。規則違反もひどいもので、俺自身が連載の意義をすっかり忘れている。

あと、これも言い忘れたが「ホルモン漬け」のところ、「漬」という漢字がかなりあやふやで、そのまま平気で「×」をつけてある。こんなルールはなかったのである。改めて書した「漬」の字の右側も相当にあやうい。石の下にいる妙な虫にしか見えないのは俺だけだろうか。

それから「コンマリ」である。あと片づけの、その、例の、ああそう断捨離の人である。アメリカ人のご家庭へと日本的なキュートなファッションでうかがう方だが、たぶん略すときは「こんまり」*なのではないか。

まず名前の略である四文字を忘れ、なんとか思い出したにもかかわらずカタカナ

＊こんまり
近藤麻理恵。片づけコンサルタント。二〇一〇年に発刊した書籍『人生がときめく片づけの魔法』がベストセラーとなり、現在ではアメリカでも活躍。雑誌『TIME』の「世界で最も影響力のある100人」にも選ばれた。

にしてしまう。これこそおじいさんだ。おじいさんならではの自由すぎる混乱である。ゆえに、俺は正解の「こんまり」がなんの略かを自信を持って言えない。つい能などが浮かんできて**「金春真理子」**といったある流儀のお師匠さんみたいな名前が記憶の先に立つ。ただしそうなると、紋付き袴(はかま)を着て能舞台に立っている「こんまり」さんの姿が目に浮かんでしまう、なぎなたを持っている。それで断捨離をするのであろうか、いや、「断捨離」という言葉自体が能の演目みたいだ。

まずワキ*は旅の僧侶である。なにやら古い井戸を見つけ、そこでふと眠る。すると一人のこんまりが出てきて、この井戸には大事な衣を捨ててあると言い、取り戻したいと嘆く。僧侶が起きると、近隣の者がその井戸には羽衣が隠されていると言う。やがて過去のずいぶんと年を召されたこんまりが現れ、僧は近くにあった竹で井戸の底から朽(く)ちかけた衣を取ってやると**こんまりはたいそう喜び、お礼の舞を舞う。**気づけば誰もいない朝ぼらけである。

話がそれた。「ロカボ*」も見てほしい。矢印など付いている。この場合、ロカボと言いたいのを忘れた。そして当然「ボカロ*」が浮かんでしまってなかなか思い出せなかった。ひとつの「ど忘れあるある」だ。なんだか成り行きを書いていて、能

＊ワキ
能において、主人公を演じるシテの思いを聞き出す役割を担う登場人物をワキと呼ぶ。

＊ロカボ
食事制限の一種で、緩やかな糖質制限のこと。Low(ロウ：低い)Carbohydrate(カーボハイドレート：糖質)を短縮して「ロカボ」と呼ばれる。

＊ボカロ
ヤマハが開発した音声合成技術やそれによって作られるキャラクターを指す「ボーカロイド」の略称。

の筋をしたためているような気がした。古典といってもいいのではないか。

さて、ついに「ボールがどんどん動くやつ」である。これは明らかに正解ではない。正解へたどりつきたいあまり口走ってしまった例なのであろう。だが、何が正解であったかもはや記憶の闇の底である。本格的に忘れてしまった。

ボールがどんどん動くやつ。

どなたかとくに看護の資格のある方、この老人にひとつ、正解を教えてくだされ。

京本政樹〜ハロウィン

2019.07 〜 2019.10

京本政樹
三匹のだんご
絵物語（紙芝居）
糸ようじ
花ざかり
ハリセンボン
2019/7〜
ハロウィン
中川兄弟
真木よう子

何度も「京本政樹*」さんの名前をど忘れしている。この連載中にも前に登場しているのではないか。登場しているかどうか自体を俺は忘れているからどうしようもない。

思い出してみれば、もう京本政樹以外の誰でもないとわかる。まったくもってイメージとピッタリの名前だ。まず「京」からハマっている。時代劇の匂いがしてくる。これが「九州本」とか「東北本」だったらなるほど思い出せない（いやこんな独特な名前なら逆にイメージと違っていても忘れないのかもしれない）。しかし「京本」である。

そして「京本」をど忘れすると、もう「政樹」が出ない。このシステムの強固さは特筆に値する。**「京本政樹」さんはあくまで「京本政樹」さんであって、「京本さん」の家の「政樹さん」ではない。**

あの「京本政樹」さんを画面で観て、いきなり「政樹」さんだと思う人は少ない

***京本政樹**
俳優。一九五九年生まれ。『高校教師』『家なき子』など数々のドラマに出演するほか、シンガーソングライター、プロデューサーとしても活動している。

だろう。もちろんファンにとっては「京本」さんなんて他人行儀なことはなく、ダイレクトに「政樹」さんなのだろうが、微妙な距離感の俺などはそうそう出合い頭に「政樹」さんと呼ぶわけにもいかない。

ではなぜ俺が「京本政樹」さんを思い出そうとしては失敗するかと言えば、そのビジュアルの雰囲気を比喩として使いたいからであり、つまり「あの、ほら、京本政樹みたいな人」と指摘したいのである。誰をそうしたいかというと、あの、ほら、髪の毛がふわっとして耳が完全に隠れるくらい長い、ほら、あの役者の、そう、綾野剛(あやのごう)*！　綾野剛を例に出したいとき、俺はその名をど忘れし、どうしても相手に伝えたいがために「あの、ほら、京本政樹みたいな人」と言おうとして、そっちも忘れているのに気づくのである。

ど忘れの入れ子構造というか、**ど忘れの駅伝タスキ**というか、もう**蟻地獄みたいなど忘れ**である。もう何がなんだか世界が真っ白になりかけているのがわかる。しまいにはなぜ自分が「京本政樹」を思い出そうとしているのかさえ、当然忘れるのである。

そうすると、俺の役立たずの脳の中で〝髪の毛がふわっとして耳が完全に隠れる

***綾野剛**　俳優。一九八二年生まれ。二〇〇三年に『仮面ライダー555』で俳優デビューし、映画、ドラマ、舞台で活躍する。

くらい長い、ほら、あの役者〞がお盆の灯籠（とうろう）が照射する絵みたいにクルクル回る。なぜ回るかの理由もわからないままで。

というわけで、ご理解いただけたかと思うが、もし俺が「京本政樹」という名を思い出せたとしても、それが必ず「綾野剛」を思い出すことにはつながらない。したがって再び俺は記憶のない白い世界のどん底に突き落とされる。**一人、「京本政樹」を腕に抱え、俺は氷河に立ち尽くす以外ない**のである。

さて、今回は「三匹のだんご」などという妙な書道もした。これは『だんご三兄弟*』と書くべきところである。俺が忘れたのはそれだ。しかし、三兄弟を思い出したい俺はしきりに「三匹のだんご」と繰り返し、しまいには筆を持ってそっちを書いてしまったのだ。

三兄弟が出ないとき、人はとにかく数字の「三」を頼りにする。だがしかし、その単位を言うにあたって、俺はつい「匹」と発音してしまった。これは『三匹の子豚*』から来ているというより、『三匹の侍（さむらい）*』から来ている。俺が小さな頃に観たはずの時代劇の名前である。現代の『三匹のおっさん*』もそちらなのではないか。

そして、一度「匹」が出てしまえば、頭に浮かぶのは動物である。うっすらと素

＊だんご三兄弟
一九九九年に、NHK教育テレビ（現・Eテレ）の『おかあさんといっしょ』の「今月の歌」として発表され、子供たちの間で人気となった。

＊三匹の子豚
民間伝承のお話で、作者の詳細などははっきりとわかっていない。一九三三年にウォルト・ディズニーによってアニメ化されたバージョンが有名。

＊三匹の侍
フジテレビ系列で一九六三年～一九六九年に放送された時代劇ドラマ。丹波哲郎、平幹二朗、長門勇が演じる浪人が、権力や悪人と戦うストーリーで、大人気を博した。

＊三匹のおっさん
二〇〇九年に発刊された有川浩による小説。還暦の男性三人がご近所の事件を解決するストーリー。テレビドラマ化、舞台化もされている。

浪人みたいな影もまとっている。そこから「三兄弟」へのイメージ修正はきわめて難しい。なので俺は「三匹のだんご」と、本来なら「三個」と言うべきだんごを、動物扱いした。

そもそも「三兄弟」が動物扱いだから、これはそう大きな間違いではないのだが、そっちに舵（かじ）を切ったら「三匹の」が出てくる以外にないのである。つまり俺は正解を導く道を走っては、あるふたまたの切り換えポイントで間違った道に行くという反復に入ったわけだ。ああ、記憶の地獄よ。

もっとひどいのは「糸ようじ」「花ざかり」である。これは下に書かれた「ハリセンボン」に関係がある。女性芸人コンビの「ハリセンボン」を思い出したい俺は、なぜか口から「糸ようじ」とか「花ざかり」という言葉が出ていることに苦痛を感じた。これはほとんど認知症的な状態だったと思う。脳みその奥のほうで電線がショートしているのが自分でもよくわかるのである。

つまり俺は、まずハリセンボンという魚のイメージも思い浮かべなかったし、針千本を飲ませるという子供ならではの拷問（ごうもん）的な想像にもたどりつかず、ただひたすら二人の芸人の顔をたよりに「なにかしら日本的な感じがある」という、本当に茫洋としたヒントだけで五文字か六文字あたりの言葉を口にした。それは「糸ようじ」であり、「花ざかり」なのである。

なんというか、横溝正史(よこみぞせいし)*の香りがする。**蔵の中で縛られたままの老人が、村の連続殺人を語るにあたって唇から泡を吹きながら証言している言葉。**それに値する単語こそが「糸ようじ」であり、「花ざかり」であろう。ただそう考えると「ハリセンボン」もかなり横溝正史色を帯びた言葉ではあり、俺の無意識はそういった妖(あや)しいタッチで彼女らをとらえていたのかもしれないと思う。

芸人で言うと「中川兄弟」とも書いた。これも本来のルールなら「中川家」と書かねばならない。だが、正解を思い出せずに「中川兄弟」と言っていた自分を恥じるために、その恥ずかしい間違いのほうを書いたのである。

確かに「中川兄弟」なのだ。内容にも呼称にも間違いはない。しかし彼らはそこをひねったわけである。そのひねりが彼らのセンスなのである。それを俺は無にしてしまった。自分のあるまじきそういう鈍感な所業に対し、ほぼ制裁のごとく俺は書道をした。

「ハロウィン」もまた、「京本政樹」並みによくど忘れする。カボチャは浮かぶの

***横溝正史**
小説家。一九〇二年生まれ、一九八一年没。本格推理小説の名手で、金田一耕助を探偵役とするシリーズが有名。

だが、すぐに若者が暴れている映像に切り替わり、そうなるともう「ハロ」が出てこない。挨拶の「ハロー」が持つ明るい感じが消えるのだ。すると「ウィン」も出てこなくなる。そのうち思い出す気が失せる。

要するに、もともとハロウィンになんの思い入れもないのである。だからどうでもいい。

座敷わらし〜ど忘れ書道

特別編

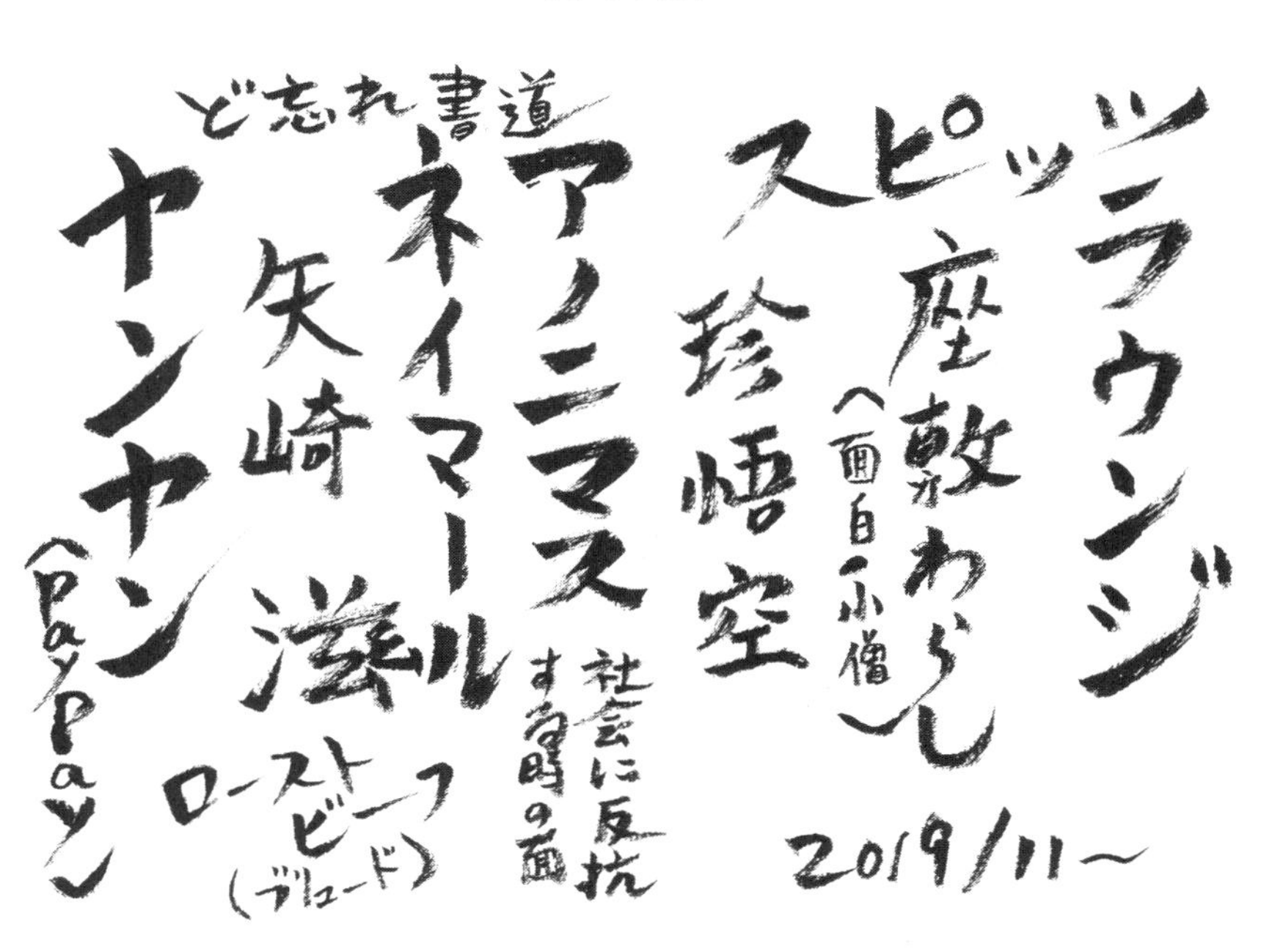

今回、特別編というか、おまけというか、昔からいつかこの書き物をまとめるときにやろうと思っていた「そのまま日常化している『ど忘れ書道』のひと幕」的な追加原稿がこれである。

で、そこにはコンセプトの乱れもはなはだしく、例えば右のほうには「座敷わらし*」とど忘れした妖怪の名前も書いてあるが、その横に（面白小僧）などと追記してある。これは家の中であまりに物をなくすので、座敷わらしがふざけているにちがいないという確信を表明しようとしたが肝心の名前を忘れて言えず、あいつあいつなどと学生時代からの知人みたいななれなれしい呼び方を繰り返したあげく、特徴言いたさのあまり「面白小僧」と声が出たのである。

しかし、もう読者諸氏はおわかりのように、果たしてそれは本当に彼の特徴だろうか？ と書いたものの、私は座敷わらしの姿をきちんと思い出せていない。蓑笠をかぶってあごひげを生やしたおじいさんが浮かんでいて、もちろん水木しげる*先生の絵なんだけど前掛けなどしている。そこに丸があって、中に「金」と書いてあれば完全に金太郎*だから間違いとわかるが、記憶が微妙で屋号がわからない。まさか丸の中に「座」でもあるまい。それでは「座りわらし」だし、**そもそも「わ**

***座敷わらし**
古くから岩手県を中心に伝わる、子供の姿をした精霊的な存在のこと。

***水木しげる**
漫画家。一九二二年生まれ、二〇一五年没。代表作に『ゲゲゲの鬼太郎』『河童の三平』『悪魔くん』などがある。

***金太郎**
日本の昔話のひとつで、主人公の金太郎は、菱形で「金」と記された腹掛けを着けていたと描写されることが多い。

らし」なのに、なぜあごひげなのか。

ということは、真の座敷わらしは言い間違い通りにふざけたポーズなどしていて、実際に面白小僧なのかもしれない。まあどういうポーズかと考えるとよくわからない。この件は自分の記憶の薄さをはなはだしく露呈する可能性が高いため、切り上げておく。

その脇に「珍悟空」と書いてあって、もはや私の人格は崩壊寸前である。孫悟空*の苗字を「珍」とした時点ですでに崩壊なのだから、今はほんの数ミリ元に戻したという意味だ。なぜ戻したかといえば、その恥を忘れていたからだ。ということはこの原稿を書きながら、完全崩壊が起きる。

しかしまたなぜ私は「悟空」とだけ言えて、その上のひと文字を思い出し損ねたのか。逆に言えば、「悟空」という強いイメージ喚起力のある名前のせいで、いったんそこだけ思い出してしまうと「孫」が出ないのではないか。いまだにワンセットで覚えている人は別だが、「おらあ悟空だ」*みたいな言葉をうろ覚えで繰り返していると、ふとした拍子に「で、苗字は?」となる。私がそうだ。それでいざ改めて思い出そうとすると、「珍」が出る。「呉」が出る。「楊(よう)」が出る。**中国数千年**

*孫悟空
中国の古典小説『西遊記』の主人公で、仙石から生まれた神通力を持つ猿。

*おらあ悟空だ
鳥山明の漫画『ドラゴンボール』の主人公・孫悟空は「オラ悟空」と名乗る。

の歴史がどんどん出てくる。

そういうことがいかにも一般的であるかのように書いたが、さすがに「珍悟空」など思い出しようもないだろう。そもそもこの連載では思い出したものを書くのであって、間違いを自ら指摘し、さらしものにするわけではないので趣旨もずれている。これは（面白小僧）でも同様だ。

その意味ではもっとも左も同じ「コンセプトの乱れ」（もしくは忘却）だ。大きく太く「ヤンヤン」と書かれてある。左下に書いてあるのが実際に口にされていなければならなかった言葉で、すなわち私は「ペイペイ*」と言うべき状況でふとそれを失念し、迷った末に「ヤンヤン」と言っていたのである。ある年代からすれば、「歌うスタジオ」と続けたいところではないか。そういう長寿テレビ番組があったはずだ。あんまりきちんと観ていないから強くは言えないが、そのはずである。

いや、『ヤンヤン歌うスタジオ*』のことはどうでもいい。この私は孫悟空を珍悟空と言い、ペイペイをヤンヤンと言い、広大な中国大陸の上で記憶をなくしてさまよっている。おそらく土煙（つちけむり）など浴びて体は濃いベージュ色に染まっているのではないか。たどりついた都市のコンビニで水など買いたいが、残念なことに私はペイペ

***ペイペイ**
PayPay。スマートフォンを使って電子決済を行うサービス。

***ヤンヤン歌うスタジオ**
テレビ東京系列で一九七七年九月から一九八七年九月まで放送されていた音楽バラエティ番組。

イを持っていない。ヤンヤンで代用できるものだろうか。**そもそも、それは何か？　その妙に明るい感じのそれは。**

矢崎滋（しげる）*さんの名前をど忘れするのは何度目だろうか。思い出そうとする機会もそれだけ多いわけなのだが、今まさに私は「黄桜　どん*」という商品のCMを例に出そうとしていた。そして一応と思って検索してみると、私の言うべきは「白鶴　まる*」であった。どういうわけで混線したのだろうか。あるいはそうした混線が矢崎さんのお名前を忘れやすいことにも影響しているのだろうか。ちなみに私は「滋」部分のつくりを書き損なっている。伏（ふ）しておわび申し上げたい。

中央付近には「アノニマス*」とも書いてある。そしてその下に「社会に反抗する時の面」とある。無名の反抗、ガイ・フォークス*の面のことを私はある日、言いたかった。ちょうどこれを書いている今もアメリカでは、人種差別への抗議が燃え上がり、ガイ・フォークスの面をつける者の映像も観るし、アノニマスは情報のリークを行って権力に抗している。

などと偉そうに書いているが、私はそれらのことを固有名詞なしで語ろうとして失敗したのである。アノニマスの成り立ちを言う以前に、その名が言えないどころ

＊矢崎滋
俳優。劇団四季でデビューをし、フリーになってからは数々の舞台、映画、ドラマ等で活躍。

＊黄桜　どん
「黄桜　呑」。黄桜株式会社の製造する日本酒の銘柄。

＊白鶴　まる
白鶴酒造株式会社が製造する日本酒の銘柄。長年、矢崎滋が本商品のコマーシャルに出演していた。

＊アノニマス
政治的な意思表示のためにハッキングを手段として活動する人々の、国際的にゆるやかにつながるネットワークのこと。

＊ガイ・フォークス
十七世紀初めのイギリスで、国王暗殺を企てた罪人として極刑に処せられた人物。近年、その顔を模した仮面は、「アノニマス」のシンボルとなっている。

かお面の由来も説明できず、ただただ「社会に反抗する時の面のあの人たちが」などとおろおろしていたのである。もうおじいさんだ。

そして左上には『ど忘れ書道』がある。いつか連載の終わりにはこの五文字を書き、それ自体をよく忘却して過ごしていたことを説明しようと決めていたのだが、私はそのこと自体を忘れた。そしてあわてて隅（すみ）に書き足した。すでに書くことが多かったせいでもある。

もはや何をどう忘れたのか、その真実の層が幾重（いくえ）にもなっていてよくわからない。

すべては靄の中だし、それでいいと近頃の私は考えている。

いや、感じている。

ということで、一応おしまいだ。

ではあるが、原稿を付けるのはもう面倒だからやめるだけで、当然私は『ど忘れ書道』それ自体は続けていくだろう。なにしろ自然にそうしていたのだから。

そして私はなおたくさん忘れるだろうから。

連載が終わったのは、まえがきに挙げた雑誌がデジタル化して、別の連載をやらされ始めたからである。

で、そういえばかなり原稿が溜まってるんじゃないかとマネージャーに訊いてみたら、そこそこあると言う。それじゃ本にしてみようと思ったとき、ミシマ書房*しかないなと頭に浮かんでいた。この柔らかく、ある種テキトーな文の連続をうまく書籍化してくれ、読者に届けてくれる温かさをミシマ書房は持っていると勝手ながら私は決めつけ、連絡を取ったらありがたいことにすぐＯＫが出た。

そして素晴らしい早さで本になった。

その早さがないと、私は自分が何を本にするか忘れてしまいかねなかった。

*ミシマ書房
実際にはミシマ社。

微風が吹くような感じで書いてきたものだ。それを爽やかで優しい風ですくいとっていただいた。あとは読者の笑いでページごとに様々な風が吹くといい。どう吹かせようがご勝手にどうぞ。

担当の星野さん、これまでも別の方の書籍関係で顔を合わせていたが、さすがの対応でした。三島社長にも感謝を述べます。

そして『PAPERSKY』のルーカスと、桜井さんにも。長い間、じっとデータを取っておいてくれた私の事務所の石畠（いしはた）ちゃんにも。

そして私のどうしようもない脳にも。

このひどい非記憶力がなければ、こんなにおかしな本はできなかったわけなので。

いとうせいこう

二〇二〇年六月

いとう・せいこう

1961年生まれ。編集者を経て、作家、クリエイターとして、活字・映像・音楽・テレビ・舞台など、様々な分野で活躍。1988年、小説『ノーライフキング』（河出文庫）で作家デビュー。『ボタニカル・ライフ―植物生活―』（新潮文庫）で第15回講談社エッセイ賞受賞。『想像ラジオ』（河出文庫）で第35回野間文芸新人賞を受賞。近著に『「国境なき医師団」になろう！』（講談社現代新書）など。

ど忘れ書道

2020年8月1日　初版第一刷発行

著　者　いとうせいこう

発行者　三島邦弘

発行所　（株）ミシマ社
152-0035 東京都目黒区自由が丘 2-6-13
電　話　03-3724-5616
FAX　03-3724-5618
e-mail　hatena@mishimasha.com
URL　http://www.mishimasha.com
振　替　00160-1-372976

ブックデザイン　佐藤亜沙美
印刷・製本　（株）シナノ
組　版　（有）エヴリ・シンク

ISBN 978-4-909394-38-5

好評既刊

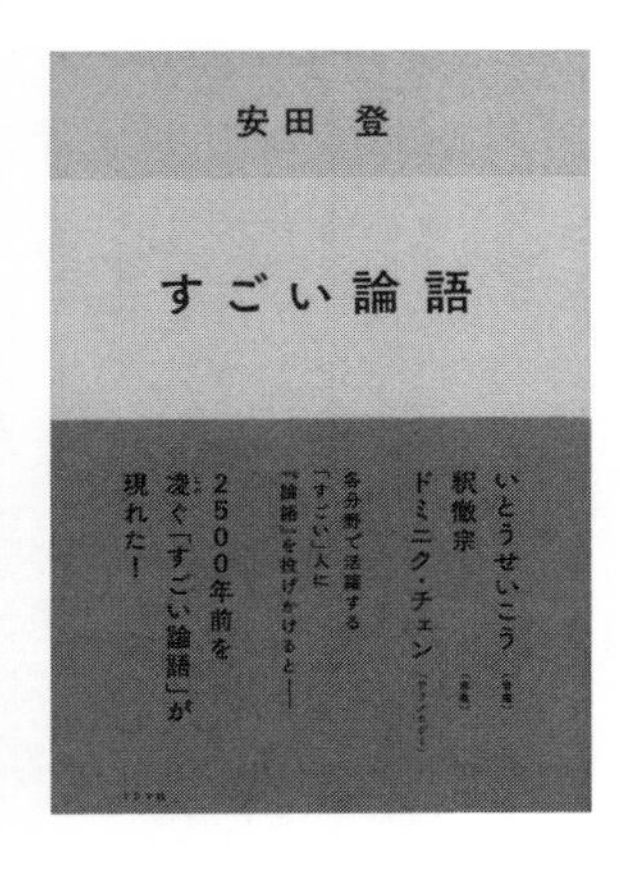

すごい論語
安田 登

いとうせいこう（音楽）、釈徹宗（宗教）、ドミニク・チェン（テクノロジー）、各分野で活躍する「すごい」人に『論語』を投げかけると――2500年前を凌ぐ「すごい論語」が現れた！

・『論語』は「樂」を重視する

――人の命や国の命運を左右するほどの力が「樂」にはある。

・人間関係に熟達するには？

――先祖（死者）とのコミュニケーションを活用すべし。

・「仁」とは？

――まったく新しい人間、ヒューマン2.0である。…etc.

大変化の時代を生きる知恵が次々と湧き上がる。

ISBN：978-4-909394-21-7
1800円（価格税別）

凍った脳みそ

後藤正文

アジカン・ゴッチの音楽スタジオ「コールド・ブレイン・スタジオ」。
その空間で日夜起こる、脳みそが凍るほどに理不尽でおかしな出来事と事件。

ISBN：978-4-909394-14-9
1500円（価格税別）

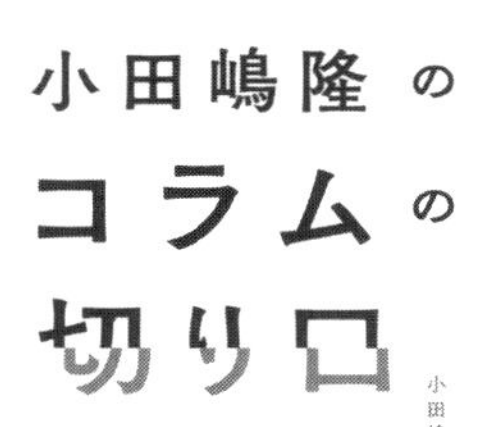

小田嶋隆のコラムの切り口

小田嶋 隆

こんなふうにも書けるのか！
天才コラムニストの技がいかんなく詰まった傑作コラム集。
ブログ、SNSなどの執筆の参考にも…爆笑必至です。

ISBN：978-4-909394-32-3
1500円（価格税別）

声に出して読みづらいロシア人

松 樟太郎

声に出して唱えてみると、なんとびっくり気分が晴れる !?
ドストエフスキー、スタニスラフスキー、スヴィドリガイロフ…そんな怪しげな響きのロシア人を厳選して、その人物のプロフィールを解説。

ISBN：978-4-903908-64-9
1000円（価格税別）

究極の文字を求めて

松 樟太郎

中学生の頃、自分オリジナルの文字を作ることに熱中し、青春のページをムダに破り捨てた著者は考えた。「あれから20年、いろいろな文字を知ったうえで今、究極の文字を作ろうとしたら、もっとすばらしい文字ができるのではないか？」そしてついに――。

ISBN：978-4-909394-07-1
1500円（価格税別）